rororo

Bowering Sivers wurde 1936 in Middlesex geboren. Nach ihrem Studium ging sie als Französischlehrerin nach Sambia, war Rezeptionistin in Kenia und danach Journalistin in London. Anschließend verbrachte sie vierzehn Jahre in Kanada und arbeitete dort zuletzt als Verlegerin. Nach unzähligen Reisen ist Bowering Sivers jetzt wieder nach England zurückgekehrt und lebt zusammen mit ihrem Mann und zwei Hunden in Eastbourne.

Bowering Sivers

Kleine Diebe in großer Gefahr

Aus dem Englischen von
Christiane Steen

Rowohlt Taschenbuch Verlag

Deutsche Erstausgabe
Veröffentlicht im Rowohlt Taschenbuch Verlag,
Reinbek bei Hamburg, September 2005

Lektorat Silke Kramer
Die Originalausgabe erschien 2004
unter dem Titel «Jammy Dodgers on the Run»
bei Macmillan Children's Books, London

Umschlaggestaltung any.way, Andreas Pufal
(Umschlagillustration: Felix Scheinberger)
Satz Baskerville PostScript QuarkXPress
bei KCS, Buchholz/Hamburg
Druck und Bindung Clausen & Bosse, Leck
Printed in Germany
ISBN 3 499 21328 1

Für Edie und Jack,
in Dankbarkeit für ihre Liebe
und Unterstützung, als ich sie
am meisten brauchte.

Danksagung

Ich danke Brian Keaney für die Weisung in die richtige Richtung und Pat White für meine Rettung aus der Wildnis; ebenso Polly Nolan und Penny Morris für ihre fabelhaftigen Vorschläge und Sarah Dudman, die mir eine knorke Lektorin war.

·· 1 ··

Jem bemühte sich, das Hühnchen zu rupfen, dem seine Großmutter an diesem Morgen den Garaus gemacht hatte; doch er wurde das Gefühl nicht los, dass die alte Dame ihre Aufgabe nicht sorgfältig erledigt hatte, denn jedes Mal, wenn er nach einer Feder griff und daran zog, gab der wütende Vogel ein zeterndes Gackern von sich und pickte nach ihm.

«Ständig sag ich zu Gran, dass sie mit 'nem Zauberspruch kein Huhn umlegen kann», beschwerte er sich, wobei er an seinen verletzten Fingern lutschte. «Man muss ihnen den Kopf mit 'nem Beil abhacken.»

«Grans Sprüche klappen doch sowieso nie», sagte Ned. «Weißt du noch, als ich diese Warzen hatte? Bloß ganz kleine warn das. Und dann hat sie eine von ihren Zaubersalben drauf gerieben, und am nächsten Tag hatt' ich Warzen von oben bis unten, so groß wie Stachelbeeren. Hab immer noch eine an der Hand, kuck mal.»

Ned hielt seinem Bruder die warzige Hand zur Begutachtung hin, und das Huhn ergriff die Gelegenheit und flatterte aus Jems Arm. Es hielt kurz inne, um ihm zum Abschied in die Wange zu picken, und lief dann wütend gackernd in die hinterste Ecke des Hofes.

«Oh Mann, warum lässt du denn los, du Nulpe?!», rief

Ned. «Wenn das Huhn nicht gerupft is', bevor Ma zurückkommt, kriegen wir 'ne saftige Abreibung.»

«Also, ich hol's nicht wieder», antwortete Jem und rieb sich die blutende Wange. «Aber ich sag dir jetzt, was wir machen, damit sie echt zufrieden is': Im Schweinestall gibt's 'ne Menge Ratten, die das ganze Schweinefutter auffressen. Warum fangen wir die nich'? Ich kletter aufs Dach und schreie und hopse 'n bisschen rum, um sie zu erschrecken, und dann kommen die alle rausgeschossen und –»

«Und dann fang ich sie und dreh ihnen den Hals um», sagte Billy und hüpfte aufgeregt auf und ab.

«Biste meschugge?», grollte Jem und schob seinen kleinen Bruder zur Seite. «Komm denen bloß nicht zu nah. Ned schießt sie mit seiner Schleuder ab.»

«Und was mach ich?», fragte Billy mit der hohen, durchdringenden Stimme eines wütenden Fünfjährigen.

«Du machst die Tür vom Schweinestall auf, wenn ich's dir sage.»

Billy zog ein Schmollgesicht. «Nie darf ich was Wichtiges machen.»

«Das Türaufmachen is' das Allerwichtigste», sagte Jem und blinzelte Ned dabei zu. «Du musst sie genau richtig aufmachen – weit genug, um die Ratten rauszulassen, aber nich' so weit, dass das Schwein ausbüxt, klar?»

«Also los», sagte Ned und lud seine Schleuder mit einem kleinen Kieselstein. «Ma kann jeden Moment kommen.»

«Okay, Abmarsch.» Jem kletterte auf das Dach des Schweinestalls und begann darauf herumzuspringen und so laut zu schreien, dass jede Ratte in London die Flucht ergriff.

Der Plan hätte vorzüglich funktioniert, wenn Billy nicht gewesen wäre. Auf dem Weg zur Tür rutschte er auf einem nassen Kohlblatt aus, umklammerte Halt suchend den Riegel und landete dann auf seinem Hinterteil. Die Tür flog auf, und das von Jems Radau zu Tode erschreckte Schwein galoppierte aus dem Stall, gefolgt von einer großen Ratte.

«Halt's fest!», schrie Jem und sprang runter. «Nich' die Ratte, Ned, das Schwein! Wenn das Schwein wegläuft, zieht Ma uns das Fell über die Ohren. Und du mach dich verflixt nochmal nützlich, Billy! Steh nich' nur rum und reib dir den Hintern.»

«Aber der tut weh», jammerte Billy.

«Der wird dir noch mehr wehtun, wenn Ma nach Hause kommt und merkt, dass das Schwein weg is'», rief Jem, warf sich auf das Tier und umklammerte seinen Nacken.

Unter großem Geschrei und Gequieke wurde das Schwein von den Jungen über den Hof gejagt. Sie platschten dabei durch übel riechende Pfützen, wateten durch Abfall- und Misthaufen und stolperten über eine Ansammlung verflohter Hunde und räudiger Katzen.

Mitten im größten Tumult spazierte ein Mann in den Hof und blickte sich mit amüsiertem Gesichtsausdruck um. «So, so, dies is' also Devil's Acre. Nich' grade der foinste Teil der Stadt, wie man sieht», sprach er gedehnt und hielt sich ein Monokel vors Auge. «Und wie man riecht», fügte er hinzu, zog ein parfümiertes Taschentuch aus der Tasche und hielt es sich vor die Nase. «Das is' fürwahr schröcklich.»

Die drei Jungen blieben wie angewurzelt stehen, und das Schwein, müde nach all dem Herumlaufen, begann zufrieden im verfaulten Gemüsehaufen zu wühlen.

«Fürwahr schröcklich?», äffte Jem ihn nach und tat so, als hielte er sich ein Monokel vors Auge. «Also, Ned, hier is' es *fürwahr schröcklich*, was?» Er zog sich ein speckiges Tuch vom Hals und schnaubte hinein.

«Du dröckiges kloines Gör, weißt du nich', dass 'n Gentleman so redet?», zischte der junge Mann. «Hast natürlich keinen blassen Schimmer von Gentlemen. Woher hast du überhaupt diesen schoißlichen Schlapphut?»

«Was is'n an dem auszusetzen?», fragte Jem beleidigt, denn dieser außerordentlich schmutzige, speckige Hut mit der breiten Krempe war sein ganzer Stolz.

«Dass er söchs Nummern zu groß für dich is', zum Beispiel.»

Jem, der älteste der drei Brüder, war ein kleiner, stämmiger Junge mit breiter Nase und den dunklen, funkelnden Augen eines Terriers. Mit seinem langen Mantel, der Weste und den Gamaschen hielt er sich für einen echten Mädchenschwarm. Die Tatsache, dass die Weste mit Bindfaden zusammengehalten wurde, der Mantel in Fetzen herunterhing und eines seiner Hosenbeine ganz abhanden gekommen war, schien ihn nicht im Mindesten zu stören.

«Sind Sie 'n Langfinger, Chef?», fragte er.

«Bloß weil ich ölegante Kleider trage, bin ich noch lange koin Taschendieb», sagte der Mann naserümpfend. Und er schob sein Jackett nach hinten, unter dem eine reich verzierte Weste zum Vorschein kam. Aus einer Tasche baumelte eine goldene Uhrkette, und seine rote Krawatte schmückte eine große Diamantnadel.

Jem verschlang den Diamanten mit den Augen. Er musste sich sehr zurückhalten, um nicht die Hand danach auszustrecken und sie an sich zu reißen. Ein solcher Edelstein würde ihn und seine Brüder jahrelang ernähren – doch Kinder, die man beim Stehlen erwischte, wurden mit der Birkenrute ausgepeitscht oder ins Gefängnis geworfen.

«Wenn ihr's gönau wissen wollt» – der Mann beugte sich vor und winkte die Jungen mit seinem Ebenholzstock näher –, «bin ich der Sohn von 'nem Hörzog. Aber erzählt das bloß koinem, weil, mein Pa hat's nicht görn, wenn ich mich mit so'm Pöbel wie euch abgeb.»

«Na, und *unser* Pa hat's nicht gern, wenn wir uns mit solchen Deppen wie Ihnen abgeben», sagte Jem, den die Arroganz des Fremden beleidigte, «also, warum machen Sie nicht 'ne Fliege?»

«Weil ich in dieser Gögend was Göschäftliches zu tun

hab», gab der Mann zurück. «Ich bin auf dör Suche nach 'ner Wahrsagerin.»

«Wozu?»

«Damit sie mir die Wahrheit über mein Schicksal sagt, du Nulpe.»

«Was ist'n Schicksal?», wollte Billy wissen.

«Das is' das, was in der Zukunft passiert. Mein Hund hat 'nön wichtigen Kampf gegen 'nön anderen Hund, und ich will wissen, ob er gewinnt.»

«Warum?»

«Hör mal, ich hab nich' die Absicht, den ganzen Tag hier rumzustehn und dämliche Fragen zu beantworten», sagte der Mann verärgert. «Wohnt hier jötzt 'ne Madam Natasha oder nich'? Sie ist 'ne ...» – er zog einen Zettel aus der Tasche und las laut vor – «Handleserin, Kräuterkundige und Hellseherin. Glücksbringer und Zaubertränke extra.»

«Das ist unsere Gran», sagte Ned.

«Eure Gran is' Madam Natasha?» Der Mann starrte ihn ungläubig an.

«Nee, so nennt sie sich bloß. Ihr echter Name is' Doris Perkinski.»

«Was?» Der Fremde lächelte Ned herablassend an. «Mich dünkt, du meinst *Perkins.*»

«Nee, meine ich nicht. Ich meine Perkinski.»

«Perkins*ki*?» Der Mann warf den Kopf in den Nacken und brüllte vor Lachen.

«Was is'n daran so komisch?», fuhr Jem ihn an.

«Das is' ... das is' oinfach lächerlich», keuchte der Mann, während ihm die Tränen herunterliefen. «Niemand heißt Perkins*ki.*»

«Wir schon. Wie heißen Sie denn?»

«Tom Ramsbottom ... ich meine, *Der Ehrenwerte* Tom Ramsbottom.»

«Was heißt Der Ehrenwerte?», fragte Billy.

«Das ist 'n feiner Hörr, der aus 'ner aristokratischen Familie kommt, so wie ich oiner bin. Also, wo is' jötzt diese Doris Perkins*ki*?»

«Gran wohnt hier», sagte Ned und deutete auf einen heruntergekommenen Wohnwagen, der auf seinen Achsen in der Ecke des Hofes ruhte. Die großen Holzräder waren zerbrochen, und oben aus dem Schornstein ragten Strohhalme.

«Sie wohnt nicht mehr mit in unserm Wohnwagen», sagte Billy und deutete auf einen etwas kleineren in der anderen Ecke, «weil Pa sagt, dass sie so schrecklich stinkt.»

«Wegen den Zaubertränken», erklärte Ned schnell.

«Is' sie dönn 'ne Hexe?», fragte der junge Mann misstrauisch.

«Nee, sie ist 'ne Zigeunerin. Wir sind alle Zigeuner.»

«Ihr? Zigeuner?» Tom Ramsbottom kicherte. «Ihr seht fürwahr nich' aus wie Zigeuner. Ich dönk doch, die haben dunkle Haut und schwarze Haare und spielen auf der Fiedel und tanzen den ganzen Tag.»

«Oh, das tun wir auch», protestierte Jem und zog Billy die Mütze tief über die Ohren, um dessen schmutzig blonde Locken darunter zu verstecken. «Wir fiedeln uns praktisch die Finger ab. Und Sie sollten mal meine Schwester Kate sehen, ihre Beine sind vom Tanzen schon ganz kurz geworden.»

«Und wenn Sie uns nicht glauben, dann holen wir Pa, damit er Sie platt macht», sagte Billy freundlich. «Unser Pa ist nämlich 'n Breiboxer.»

«Preisboxer», verbesserte Ned.

«Ach ja?», höhnte Tom.

«Das stimmt. Er heißt Bert das Biest, und er is' der beste Boxer in Westminster.»

«Pa ist der beste von ganz London», sagte Jem. «Und er wird richtig sauer, wenn Leute nich' glauben, dass wir Zigeuner sind», fügte er drohend hinzu.

Der Mann schluckte und wich einen Schritt zurück. «Is' ja gut, is' ja gut, ich glaub euch ja. Jetzt göht und sagt Madam Na… ich meine eurer Gran, dass ich da bin.»

«Ich geh», rief Billy. Er kletterte die wackelige Treppe zum Wohnwagen seiner Großmutter hinauf und hämmerte gegen die Tür. «Gran, mach auf, aber zack-zack!»

Nach ein oder zwei Minuten öffnete sich die Tür einen Spalt, und eine alte Frau spähte heraus. «Was soll der Krawall?», wollte sie wissen. «Ach, du bist es, Billy. Wenn du nochmal so gegen meine Tür hämmerst, du kleines Miststück, verpass ich dir 'ne Abreibung …»

«Aber Gran, da will dich einer sprechen», rief Billy.

«Was? Oh ...» Grans Augen leuchteten auf, als sie den schicken jungen Mann im Hof stehen sah.

«Das is' der Sohn von 'nem Herzog», flüsterte Billy ihr ins Ohr.

«Herr, steh mir bei! Bitte kommen Sie, Eure Herzöglichkeit», sagte sie begeistert und öffnete schwungvoll die Tür. «Und ihr macht euch dünne!», bellte sie ihre Enkel an und beförderte Billy mit einem gezielten Stoß von der Treppe.

«Und was machen wir jetzt?», fragte Jem.

«Wir schlagen Räder aufm Square», schlug Billy vor, der die Gefahr liebte, zwischen den von Pferden gezogenen Droschken, Kutschen und Bussen auf dem Trafalgar Square zu spielen.

«Nee», sagte Jem, «dafür gibt's kein Geld. Jedenfalls nich' genug, dass es sich lohnt, dafür überfahren zu werden.»

«Wir könnten Schuhe putzen», schlug Ned vor.

«Schuhe putzen?», wiederholte Jem entsetzt. «Das is' doch Arbeit. Außerdem brauch' man dazu 'ne Kiste und Bürsten.»

«Wie wär's, wenn wir Vogelnester verkaufen? Dieser Typ aufm Haymarket hat gesagt, dass er zwei Penny für 'n Amselnest kriegt.»

«Oh, tolle Idee, Ned», sagte Jem höhnisch. «Billy, kletter

doch mal eben auf den Baum da und hol uns ’n paar Amselnester runter.»

Billy blickte auf die heruntergekommenen Behausungen, die bröckelnden Mauern und zerbrochenen Zäune, die Devil’s Acre umgaben. Er konnte keinen einzigen Baum, Busch, Ast, Zweig oder auch nur ein Blatt entdecken. «Was für ’n Baum?», fragte er verwirrt.

«Na gut, jetzt werd nicht zickig», murmelte Ned, als Jem ihn wütend anstarrte. «War ja nur ’ne Idee.»

«Ja, und wenn keinem was Besseres einfällt, bevor Ma nach Hause kommt … Hey, aufgepasst! Da kommt sie.»

Die drei Jungen gingen hinter einer Wassertonne in Deckung, als eine Frau müde in den Hof humpelte. Sie trug eine seltsame Ansammlung von Kleidungsstücken – einen langen, zerrissenen Rock, Schnürstiefel mit mehr Löchern als Leder, einen verblichenen Schal um die dünnen Schultern und einen verwitterten, randlosen Strohhut auf den ergrauten Haaren.

«Na los, kommt raus da, allesamt!», rief sie und hievte sich einen großen Bauchladen mit Ziergegenständen, Kämmen, Papierblumen, Spitzenbändern sowie etwa einem Dutzend anderem unnützen Schnickschnack vom Hals.

«Hallo, Ma», sagte Jem kleinlaut, als die drei Brüder aus ihrem Versteck kamen.

«Komm mir bloß nicht so!», schimpfte sie. «Was hat das

Schwein hier draußen zu suchen? Das soll bis Weihnachten fett werden und sich nich' die Beine abrennen.»

«Na ja ... äh ... weißt du, Ma, vorhin is' 'n großer Sturm gekommen, der hat das Dach vom Schweinestall hochgehoben, und das Schwein is' einfach über die Seite gehopst und ...»

«Komm mir nich' mit deinen Lügenmärchen, Jem, sonst setzt es was. Ihr bringt jetzt das Schwein wieder rein, und zwar zack-zack!»

«Warum soll's denn fett werden, Ma? Wir werden's doch sowieso nie essen», sagte Billy.

«Aber wir kriegen 'ne Stange Geld dafür, wenn wir's verkaufen, mein Junge. Genau wie das Huhn, das Gran heute Morgen umgelegt hat. Richtig fett war das, dafür kriegen wir bestimmt 'n hübsches Sümmchen.»

«Aber Gran hat das Huhn gar nich' –»

«Hast du heute Glück gehabt, Ma?», unterbrach ihn Jem schnell, bevor Billy seine Mutter noch mehr verärgern konnte.

«War nich' übel.» Sie schob eine Hand in die Tasche ihres zerlumpten Rockes und zog ein paar Münzen hervor. «Das hier bringt mir 'ne ganze Menge ein», sagte sie und deutete auf ein großes Schild, das von ihrem Bauchladen herunterhing.

«Wer hat'n das für dich geschrieben, Ma?»

«Der alte Stephens. Und hat mir nur 'nen Penny dafür berechnet. Nett, was?»

«Was steht drauf?»

«So was wie ‹Ich bin 'ne arme Witwe mit zwanzig kleinen Kindern›», zitierte seine Mutter, denn weder sie noch ihre Jungen konnten lesen. «‹Ich bin taub, stumm und blind, und meine Babys verhungern alle. Geben Sie mir in Gottes Namen ein paar Pennys.›»

«Aber du bist doch gar nicht taub, stumm und blind, oder, Ma?», wollte Billy wissen.

«'türlich nich', Dummkopf, aber das wissen die anderen Leute ja nich', oder? Und jetzt ab mit euch auf die Straße, allesamt. Euer Pa wird euch 'ne Abreibung verpassen, wenn er rausfindet, dass ihr nicht arbeitet. Und Ned, du nimmst den Kasten mit», sagte seine Mutter und deutete auf den Bauchladen.

«Oh Ma, der reißt mir den Kopf ab, so schwer ist der», jammerte Ned.

«Du tust, was ich dir sag, sonst holt euch der Terror», fauchte sie. «Und dann wird's euch leidtun.»

«Immer redest du vom Terror, Ma», sagte Ned, während er den Bauchladen aufhob und sich die Träger um den Hals legte. «Wer is'n das?»

«Wenn ich dir von dem erzähle, kriegst du Albträume, mein Junge», antwortete sie düster. «Sei froh, dass du den nie getroffen hast – und ich hoff bloß, dass das so bleibt.»

·· 2 ··

Um zu einer der feinsten Straßen von London, der Strand, zu gelangen, mussten die drei Jungen durch solch enge Gassen laufen, dass ein Mensch, der sich aus dem Fenster lehnte, bequem jemand anderem gegenüber die Hand schütteln konnte.

In diesen dunklen, schmuddeligen Gassen lebten Tausende von Männern, Frauen und Kindern zusammengepfercht in winzigen Häusern mit feuchten, fauligen Böden und bröckelnden Wänden, die zerbrochenen Fenster mit braunem Papier ausgestopft, die Türen als Brennholz verfeuert. In dieser schrecklichen Umgebung ohne Licht, abgesehen von blakenden Kerzen, ohne Badezimmer, Toilette und Heizung versuchten die Londoner ihr schweres Leben zu meistern. Viele von ihnen waren ehrlich. Noch mehr wurden in die Kriminalität getrieben.

«Pass auf deinen Kasten auf, Ned», warnte Jem, der dicht neben seinem Bruder ging. «Die mopsen dir alles, wenn du einmal nich' hinkuckst.»

Die Menschenmenge auf der Strand war genauso dicht wie die in den benachbarten Straßen der Slums, doch hier bestand sie aus eleganten Gentlemen in Frack und außergewöhnlich hohen Zylinderhüten, die ihre Besitzer sehr groß und eindrucksvoll erscheinen ließen. Neben ihnen spazierten ihre Frauen und Töchter in langen Kleidern mit Volants über drei oder vier Unterröcken, Schals oder Umhängen aus Kaschmir, seidigen Rüschenhäubchen, zierlichen Stiefeln aus weichem Leder und Glacee- oder Seidenhandschuhen.

Die Läden hier – einige mit dem königlichen Wappen über der Tür – waren angefüllt mit Waren, und ihre Besitzer eilten diensteifrig aus den Geschäften, um die vorfahrenden Zweispänner zu begrüßen.

Von Pferden gezogene Droschken und elegante Kutschen beförderten die Reichen auf der Straße auf und ab, während barfüßige Gassenkinder in Lumpen zwischen den Rädern hin und her flitzten und ihr Leben zwischen den fliegenden Hufen riskierten, um die Kreuzungen von Schlamm und Pferdedung zu befreien.

«Pass auf, Ned, hier kommt 'ne passende Braut.» Jem stieß seinen Bruder an, als eine gegen den Herbstwind warm gekleidete Dame in Samtcape und Fellmuff aus einem kleinen Zweispänner stieg.

«Nee.» Ned verlangsamte seinen Schritt. «Die nich'.»

«Wieso nicht?»

«Weil die aussieht wie 'ne nette alte Schrulle.»

«Haste 'ne Meise oder was?», fauchte Jem. «Das is' doch genau die Sorte, die wir brauchen.» Damit drehte er sich zu Billy und verpasste ihm eine schallende Ohrfeige.

Billy brach laut aufheulend in Tränen aus, woraufhin Jem ihm tröstend den Arm um die Schultern legte.

«Was ist denn mit dem kleinen Kerl los?», rief die Frau besorgt. «Hat er Schmerzen?»

«Bitte, Missus, er is' so traurig, weil er immer an unsern lieben armen Vater denken muss, der ertrunken is'», sagte Jem und kniff Billy so fest in den Po, dass er nur noch lauter schrie.

«Ertrunken?», wiederholte sie entsetzt.

«Ja, er war Kapitän auf 'nem großen Schiff, und eines Tages stieß es mit 'ner Insel zusammen und sank aufn Meeresboden. Ungefähr hundert ... nee, eher tausend Meilen isses gesunken, jedenfalls zu tief, um Pa wieder raufzuholen, und darum sind wir jetzt allein auf der Welt, Missus, ich und meine kleinen Brüder.»

«He, jetzt reicht's», grummelte Ned. «Ich bin nicht klein.»

Ned war ein Jahr jünger als Jem, doch bereits zwei bis drei Zentimeter größer – eine ständige Quelle des Stolzes für Ned, für seinen Bruder jedoch eine Qual.

«Aber habt ihr denn keine Mutter?», fragte die Frau, deren Augen bereits vor Tränen glänzten.

«Klar haben wir eine», sagte Billy, der mit Weinen aufgehört hatte, um Jems Geschichte zu lauschen. «Unsre Ma is' bloß zurückge...»

«Mein kleiner Bruder wollte grade sagen, dass sich unsere Mutter den Rücken gebrochen hat bei der Arbeit in den Minen», erklärte Jem und verpasste Billy einen solchen Rippenstoß, dass dieser wieder in lautes Schluchzen ausbrach. «Sie musste tonnenweise Kohle schleppen, und das hat sie nich' verkraftet.»

«Ach du meine Güte!», rief die Frau mitfühlend. «Was kann ich nur tun, um euch armen Kindern zu helfen?»

«Wenn Sie uns 'n bisschen Geld geben könnten, Missus, damit wir uns 'n paar Brotrinden kaufen können ...», schlug Jem vor.

«Oder 'ne Schweinepastete», sagte Billy.

«Vielleicht kann ich euch etwas abkaufen», sagte die Frau und hob ein Stück Spitze von Neds Bauchladen auf. «Wie hübsch. Ist das aus Brüssel?»

Jem nickte eifrig, wobei er sich fragte, wo Brüssel lag und was das mit der Spitze zu tun hatte.

«Nee, ist es nicht», sagte Billy. «Das hat Ma gemacht.»

«Bevor sie gestorben is'», fügte Jem schnell hinzu.

«Aber du hast doch gesagt, sie hätte in den Kohlenminen gearbeitet», sagte die Frau.

«Hat sie auch», stimmte Jem zu. «Und nachts hat sie dann die Spitze gemacht.»

«Oh, dann ist das also gar keine Brüsseler Spitze?»

«Doch, Ma war zu der Zeit in Brüssel.»

Die Frau sah verwirrt aus.

«Und Kate macht die Papierblumen», sagte Billy mit strahlendem Gesicht. «Das is' meine große Schwester.»

«Er meint, sie hat sie gemacht, bevor sie gestorben ist», fuhr Jem dazwischen und trat Billy auf die nackten Zehen, damit er den Mund hielt.

«Eure Schwester ist auch tot?», rief die Frau entsetzt über so viel Familientragödie.

«'türlich nich'. Sie singt am Tresen vom Dog'n Bacon», sagte Billy.

«Und jetzt singt sie im Himmel», korrigierte Jem. «Sie müssen meinem Bruder verzeihen, Missus, er is 'n bisschen komisch im Oberstübchen. Das liegt daran, dass er als Baby die Pest hatte, davon is' sein Hirn ganz verfault.»

«Das arme Kind.» Die Frau blickte Billy mitleidig an. «Hier», sagte sie, griff in ihre Rocktasche und zog eine Geldbörse hervor, aus der sie einen Penny nahm, «nimm das.»

Jem schnappte sich die Münze und biss hinein, um sicherzugehen, dass sie auch echt war. Dann steckte er sie in einen Beutel, den er sich um die Hüfte gebunden hatte, um ihn vor Taschendieben zu verstecken.

«Hey!», protestierte Billy. «Die hat sie mir gegeben. Davon wollte ich 'ne Schweinepastete kaufen und …»

«Biste meschugge, Billy?», sagte Ned. «Du weißt doch, dass wir alles nach Hause zu Ma bringen müssen.»

«Halt den Rand, Ned!», zischte Jem.

Doch die Frau hatte die Bemerkung gehört.

«Ich dachte, ihr hättet keine Mutter mehr», sagte sie und betrachtete sie mit erwachendem Misstrauen.

«Ja … ich meine … Oh!» Jem stieß einen bestürzten Schrei aus. «Mann, wir müssen los. 'tschuldigung, Missus.»

Und er packte Ned und Billy und zerrte beide die Straße hinunter.

«Was soll das?», schrie Ned und versuchte sich aus dem schraubstockartigen Griff seines Bruders zu befreien. «Lass los! Ich verlier gleich diesen vermaledeiten Kasten!»

«Polente!», zischte Jem und warf einen nervösen Blick über die Schulter zu dem Polizisten, der in der Ferne aufgetaucht war. «Hab ihn genau auf uns zukommen sehen, ehrlich. Das war der alte Bady Shanks. Und er hat uns auch erkannt.»

«Ich wette, die alte Schrulle erzählt ihm, was wir gemacht haben», keuchte Ned, während sie über den Trafalgar Square liefen. «Irgendwann erwischt er uns noch dabei.»

«Nee, der erwischt uns nie. Dafür sind wir zu ausgebufft ... Billy, was soll das?», fauchte Jem, als ihn der kleine Junge in den Arm kniff. «Wenn du das nochmal machst –»

«Ich will meinen Penny.»

«Gib ihm den nicht», warnte Ned.

«Aber ich hab Hunger. Ich will was von denen da.» Billy deutete auf einen Mann, der von einem Eselskarren am Straßenrand heiße Aale verkaufte.

«Wir müssen das Geld Ma bringen», beharrte Ned.

«Aber nich' alles», sagte Jem listig.

«Jem, wenn Ma rausfindet, dass du sie reinlegst ...»

«Nee, das kriegt sie nich' raus, die hat keinen Schimmer. Und diese Aale sehen wirklich lecker aus», sagte Jem, dem das Wasser bereits im Mund zusammenlief.

«Dann komm», sagte Billy und zog ihn vorwärts. «Los.»

«Na ja, vielleicht einen kleinen ... Heda!» Jem blieb wie angewurzelt stehen und starrte den jungen Mann an, der ihnen auf dem Weg entgegenstolzierte, dabei seinen Gehstock schwang und vor allen Damen den Hut zog. «Is' das nich' dieser komische Ramsbottom?»

«Wer denn?»

«Na, der mit dem buschigen Backenbart.»

«Ach ja, genau.»

«Ob Gran ihm seine goldene Uhr abgestaubt hat?», überlegte Jem. «Lass uns mal nachsehen.» Und er lief dem Mann entgegen, wobei er spöttisch seinen Schlapphut zog und sagte: «Schönen guten Tag, Eure Königliche Hoheit.»

Der Mann sah einen Augenblick erschrocken aus und wich zurück.

«Er hat sie immer noch», murmelte Jem in Neds Ohr, «und auch das Glitzerding.» Er deutete mit dem Kopf auf den Diamanten in der Krawatte. «Gran scheint's nicht mehr draufzuhaben.»

«Ach, ihr soid das», sagte Tom, als er die Jungen erkannte. Und er zog ebenfalls spöttisch den Hut und sagte gedehnt: «Fürwahr, einen schönen guten Tag, Eure Pöbelhafte Niedrigkeit. Spielt ihr immer noch Zigeuner? Perkins*ki* ... ha!», höhnte er.

«Ich hab Ihnen schon mal gesagt», grollte Jem, «dass wir Ihnen nichts vormachen.»

«Was für 'n Gewäsch!», schnaubte Tom. «Ihr soid doch bloß 'n paar Bettler, die sich für was Bösseres halten.»

«Und Sie sind doch bloß 'n Depp, der sich für was Besseres hält. Der Sohn von 'nem Herzog ... Ha! Wohl eher der Sohn von 'nem Hering, wenn Sie mich fragen.»

Tom runzelte die Stirn und wollte gerade etwas erwidern, als Billy ungeduldig rief: «Jem, ich will 'n paar heiße Aale», und seinen Bruder am Mantel zog.

Tom starrte den kleinen Jungen mit scharfem Blick an und maß ihn mit den Augen ab, wie man ein Pferd betrachtet, das man kaufen will. Dann sagte er: «Bist du hungrig, Kloiner?»

«Ich verhunger», nickte Billy.

«Hmmm ...» Tom betrachtete den Jungen immer noch nachdenklich; dann griff er in seine Tasche, holte ein Dreipenny-Stück hervor und warf es Jem zu. «Göh und hol uns allen 'n paar hoiße Aale», sagte er.

Jem fing die Münze und starrte den Mann mit offenem Mund an.

«Ich hab görade 'ne großzügige Anwandlung», lachte Tom. «Aber zöger nicht zu lange, sonst überleg ich's mir vielloicht noch anders.»

«Schnell!», schrie Billy und fing an zu laufen.

«Du nicht, Kloiner», sagte Tom, packte Billy und hielt ihn zurück. «Du bloibst schön hier bei mir.»

«Warum? Warum denn?»

«Woil ich nich' will, dass deine Brüder mit moinem Göld abhauen, darum.»

Es war noch eine Frau vor Jem und Ned an der Reihe, die Aale kaufen wollte, und die beiden Jungen warteten mit wachsender Ungeduld darauf, dass sie ihre Entscheidung traf, ob sie heiße oder kalte wollte, mit Saft oder ohne.

Jem warf einen Blick über die Schulter. Tom Ramsbottom beugte sich gerade zu Billy und redete eindringlich auf ihn ein, doch der kleine Junge versuchte sich frei zu machen, spuckte und trat ihm gegen die Schienbeine.

«Guck dir den kleinen Satansbraten an», sagte Jem und stieß Ned in die Rippen.

«Hat wohl Angst, dass wir die Aale aufessen, bevor er welche kriegt, der Gierhals», lachte Ned.

«Also, was is' jetzt, ihr beiden», unterbrach sie der Aalverkäufer. «Wollt ihr welche oder nicht?»

«Wie viel kosten die, Chef?», fragte Jem.

«Sechs Stück für 'n halben Penny.»

«Gut, dann nehmen wir viermal heiße. Und mit ordentlich Saft dabei.»

«Sollt ihr haben», sagte der Mann und griff in einen großen Messingtopf. «Das sind die besten Aale in ganz London, alle jung und heute Morgen frisch gefangen. Die hört ihr immer noch nach ihrer Mama schreien.»

«Sind die auch schön würzig, Chef?»

«Würzig? So würzig, als hätte ich da 'n Glas Gin reingegossen, mein Junge.»

«Ich werd mal einen probieren», sagte Jem und steckte sich einen besonders saftigen Bissen in den Mund. «Mann, war das lecker», seufzte er und schloss hingerissen die Augen, während der Babyaal ihm die Kehle runterrutschte.

«Und die kosten nur zwei Penny», sagte Ned und nahm sich selber einen. «Also haben wir einen Penny übrig.»

«Ja, aber das sagen wir dem ollen Ramsbottom nich'. Wir stecken den Penny ein … Hey, wo steckt er? Wo is' er hin?»

«Und wo is' Billy?», sagte Ned und blickte sich erschrocken um.

«Da sind sie!», rief Jed mit ausgestrecktem Finger.

Tom Ramsbottom hastete die Straße hinunter und schleppte Billy mit sich mit, wobei er dem kleinen Jungen die Hand fest auf den Mund hielt. Alle paar Meter verpasste er ihm einen Schlag mit dem Gehstock, damit er zu zappeln aufhörte, doch Billy wand und trat um sich, die Augen vor Angst weit aufgerissen.

«Hey!», brüllte Ned. «Sie …!»

«Halt den Rand», warnte Jem. «Du folgst ihm, Ned, er läuft zum Haymarket, aber er darf dich nich' sehen. Ich lauf andersrum.»

«Irgendwas mit meinen Aalen nich' in Ordnung?», rief der Aalverkäufer beleidigt, als die Jungen die Becher in die Gosse warfen. Doch sie waren schon auf und davon. Ned sprang von einem Hauseingang zum anderen und versteckte sich hinter anderen Fußgängern, Tom Ramsbottom immer auf den Fersen, während Jem die Whitcomb Street und die Orange entlangflog, den Kopf voller Bilder von Entführung und Mord, denn jedes Jahr verschwanden Hunderte von Kindern aus den Straßen von London.

Als Jem in den Haymarket einbog, stand er plötzlich direkt vor Tom, der seine Schritte verlangsamt hatte, weil er sich in Sicherheit wiegte. Doch bei Jems Anblick klemmte er sich Billy unter den einen Arm, zog den Stock unter dem anderen hervor und drohte Jem, nicht näher zu kommen.

«Schnapp ihn dir, Ned!», schrie Jem seinem Bruder zu, und der Mann drehte sich überrascht um. Jem ergriff die Gelegenheit und stürzte sich auf ihn. Er prügelte ihn gegen die Brust und trat ihm gegen die Schienbeine, während Ned mit dem Bauchladen auf ihn einschlug und Billy, der zu Boden gefallen war, seine Knie umklammerte.

Der Mann hieb wild mit dem Gehstock auf die beiden älteren Jungen ein und befreite sich von Billy, der versuchte, ein Stück aus seinem Oberschenkel zu beißen. Dann hastete er laut fluchend davon.

«Mann, das war knapp», sagte Ned und legte Billy tröstend den Arm um die Schultern. «Beinahe hätte er dich mitgeschnackt.»

«Heb deinen Kram auf, Ned, aber zack-zack, sonst ist alles weg», sagte Jem, der die Kleinteile aufsammelte, die von Neds Bauchladen heruntergefallen waren. «Du auch, Billy. Steht da nich' rum und quengel.»

Die drei Jungs krabbelten hektisch auf dem Fußweg herum.

«Oh verflixt!», stöhnte Ned.

«Was is' los?»

«Die Strumpfbänder, die Ma von der Petticoat Lane hat – die sind weg. Und der Spiegel und ... Oh Mann, die Zunderbüchse is' auch geklaut. Ma bringt mich um.»

«Schon gut, Kind», sagte eine gut gekleidete Dame und beugte sich zu ihm hinunter. «Ich habe sie für euch aufgehoben.» Und sie legte die fehlenden Dinge in seinen Bauchladen.

«Mann, danke, Missus», sagte Ned mit ehrlich empfundener Erleichterung. «Sie haben meine Haut gerettet, ehrlich.»

«Was hat dieser grässliche Mann getan?», fragte sie.

«Der wollte meinen Bruder mitschnacken.»

«Oh, wie entsetzlich. Du armes kleines Ding», sagte sie zu Billy. Dann griff sie in ihre Geldbörse und gab ihm einen Penny.

Billy hüpfte aufgeregt auf und ab. «Lass uns 'n paar heiße Aale kaufen», rief er. Bei der Aussicht auf Essen waren die Schrecken der versuchten Entführung bereits vergessen.

«Nee, den müssen wir Ma bringen», sagte Jem und wand Billy den Penny aus der Hand.

«Aber …»

«Wenn wir mit leeren Händen nach Hause kommen, dann sind wir dran, das weißt du doch», sagte Jem. «Außerdem kriegst du nur Bauchweh, wenn du zu viele von diesen Aalen isst.»

«Aber ich hab doch noch *gar keinen* gegessen», jammerte Billy.

«Gut. Dann kriegst du auch kein Bauchweh, stimmt's?»

Ein schlauer Ausdruck trat in Billys Gesicht. «Wenn du mir keine kaufst, werd ich Ma erzählen, dass ein Mann mich mitschnacken wollte und dass das eure Schuld war.»

«Wieso soll das unsere Schuld gewesen sein?», fragte Jem empört.

«Weil ihr mich nich' mit dem allein lassen durftet. Ma sagt immer, ihr müsst auf mich aufpassen.» Der kleine Junge grinste zufrieden, weil er spürte, dass er endlich die Oberhand gewann.

«Er hat Recht», nickte Ned. «Ma zieht uns das Fell ab, wenn sie das rauskriegt.»

«Oh, na gut», gab Jem nach. «Aber bloß eine Portion, Billy, nur eine – und du musst sie dir mit Ned und mir teilen.»

Der Heimweg zurück nach Devil's Acre war lang. Die Jungen trödelten herum, hielten immer wieder an und sahen dem Puppentheater zu, den Akrobaten und Jongleuren, den Stelzenläufern und tanzenden Bären, den Fiedlern und Balladensängern. An jeder Straßenecke bot irgendeiner sein Können oder Nichtkönnen für einen halben Penny oder einen Farthing an, um davon Essen oder ein Dach für die kommende Nacht zu bezahlen.

Als sie endlich an ihrem Wohnwagen ankamen, war es dunkel und ihre Mutter wütend.

«Euer Pa kommt jeden Augenblick wieder, und ich will nicht, dass ihr ihm dann noch in die Quere kommt», grollte sie. «Jetzt esst euer Abendbrot, und dann ab ins Bett.» Und sie stellte vor jeden ein kleines Stück Brot und eine Schüssel mit heißem Wasser hin, in der eine Kartoffel und etwas Kohl schwammen.

Es gab jeden Abend das Gleiche zu essen, mit Ausnahme von Sonntag, wo sie Kartoffelbrei kochte und ihn zum Bäcker trug, der ihn in seinem Ofen backte. Oder wenn einer aus der Familie so viel Glück hatte, ein streunendes Huhn in einem Nachbarhof zu «finden», gab es etwas Fleisch.

Die Jungen tranken ihre Suppe, wischten ihre gesprungenen und schmutzigen Schüsseln mit dem Brot aus und spülten ihr mageres Essen mit fauligem Wasser hinunter, das schon tagelang mit Staub und Schmutz bedeckt in einem halb verfallenen Fass im Hof gestanden hatte.

«Habt ihr heute was verdient?», fragte ihre Mutter, während sie mit einem Ohr auf die Schritte ihres Mannes lauschte.

«Nur zwei Pence, Ma», sagte Jem und blinzelte Ned zu, denn er hatte immer noch einen Penny übrig. Und er lüpfte seine Weste, nahm zwei der drei Münzen aus seiner Tasche und gab sie ihr.

«Das is' nich' viel», sagte Ma und biss in die Münzen, bevor sie sie vorn in ihr Mieder steckte. «Morgen müsst ihr's besser machen.»

Gran ging es ebenfalls nicht gut.

«Was is'n mit ihr los?», fragte Jem, als ein lautes Klagegeheul aus Richtung von Grans Wohnwagen ertönte. «Is' sie krank?»

«Nee, der geht's gut, mein Junge. Das liegt bloß an dem Kerl, der sie heute Nachmittag besucht hat», erklärte seine Mutter. «Er hat die Perlenbrosche abgestaubt, die euer Grandpa für sie geklaut hatte, als er um sie warb.»

«Meinst du etwa den Ehrenwerten Ramsbum?», rief Billy ängstlich bei dem Gedanken an den Mann, der ihn beinahe entführt hätte.

«Ehrenwert, und ob!», schnaubte seine Mutter. «Kein Gentleman hätte das 'ner armen, nichts ahnenden alten Frau angetan. Das muss der geschickteste Dieb von ganz London sein, wenn er eure Gran austricksen kann», fügte sie beinahe bewundernd hinzu.

«Nee, nicht der geschickteste, Ma», sagte Jem.

«Was meinst du damit?», fragte sie stirnrunzelnd.

«Ich meine, dass der olle Ramsbottom in diesem Moment vermutlich das hier vermisst», sagte Jem grinsend und zog die goldene Taschenuhr und die Diamantnadel des jungen Mannes aus der Tasche.

3

Es war Grans siebzigster Geburtstag, und ihre Familie füllte Devil's Acre bis zum Überquellen, um mit ihr dieses hohe Alter zu feiern.

Alle Perkinskis stolzierten in Kleidung umher, die sie für besonders zigeunerhaft hielten: die Männer in Samtmänteln und Mützen aus Cord, die Frauen in bunten Röcken und eng geschnürten Miedern. Viele der jungen Mädchen waren von Kopf bis Fuß in große Seidentücher gehüllt. Ringe schmückten ihre Finger und Ohren, und schwere Armbänder klimperten an ihren Handgelenken. Doch Gran Perkinski stahl ihnen allen die Show: Sie trug ein langes rotes Fransenkleid, das sie für zwei Penny auf dem Markt auf der Petticoat Lane erstanden hatte – und das ihr nur mit Hilfe von einigen Dutzend Sicherheitsnadeln passte –, sowie schwarze Satinschuhe, in die sie Löcher geschnitten hatte, damit ihre Hühneraugen nicht drückten.

Der schäbige Hof hallte wider von wüstem Gebrüll und Gelächter; nur Cousine Emma, normalerweise eine fröhliche und schlagfertige Frau, saß mit düsterem Ausdruck in einer Ecke.

«Was is'n los, mein Herzchen?», fragte Gran.

«'s is' mein Ernie. Er sitzt wieder.»

«Was? Ernie is' wieder im Gefängnis?»

«Fünf Jahre Zwangsarbeit», jammerte Cousine Emma und tupfte sich die Augenwinkel mit der Schürzenecke. «Fünf Jahre Tretmühle, nur weil er 'n paar Münzen geklemmt hat.»

«Das is' 'ne echte Schande, Em», sagte Pa Perkinski, ließ sich auf den Stuhl neben sie fallen und legte ihr tröstend den Arm um die Schultern. «'ne Menge Lärm um nix, wenn du mich fragst. Aber es gibt eben keine Gerechtigkeit in der Welt», sagte er traurig. «Wenigstens nich' für unsereins.»

«Du siehst aus, als hättste selbst grade 'n bisschen Ärger, Bert», sagte Emma. «Irgendwer hat in deiner Visage 'n ganz schönes Durcheinander angerichtet.»

Pa bot wirklich einen traurigen Anblick mit seiner ramponierten Nase und den zwei dunkel verfärbten Augen. Er hatte am Vorabend auf dem Spitalfields Market fünfundvierzig Runden gegen den Boxer namens Bermondsey Basher absolviert und bei diesem Kampf ganz offensichtlich schlechter abgeschnitten.

Doch es gab noch bedeutendere Gründe für Pas Niedergeschlagenheit: An diesem Morgen hatte er den Pfandleiher mit der goldenen Taschenuhr und der Diamantnadel aufgesucht, die Jem Tom Ramsbottom entwendet hatte – den Kopf voller Pläne, wie er das kleine Vermögen ausgeben wollte, das ein solch kostbarer Schmuck mit Sicherheit einbrachte. Doch der Pfandleiher machte all seine Hoffnungen auf einen Schlag zunichte, als er ihm in scharfem Ton erklärte, dass die Uhr nur aus Messing sei und der Diamant bloß ein Stück Glas. Er bot Pa sechs Penny für beides, nicht einen Penny mehr, und Pa nahm das Geld zähneknirschend an, wobei er vor sich hin murmelte, dass heutzutage noch nicht einmal Dieben zu trauen sei.

«Spiel uns was auf der Fiedel, Nick», sagte er mit niedergeschlagener Stimme zu einem seiner Brüder. «Ich kann 'n bisschen Aufmunterung gebrauchen, ganz ehrlich.»

Das war der Moment, auf den alle gewartet hatten. Neben essen und trinken taten die Perkinskis nichts lieber als tanzen. Als Onkel Nick die Geige ansetzte und zu spielen begann, sprangen alle auf die Füße und wirbelten mit wilder Leidenschaft umher.

Onkel Percy, der ein hübsches Sümmchen verdiente, indem er den Hundekot von der Straße sammelte und ihn für acht Penny den Eimer an die Ledergerber verkaufte, kletterte auf einen Tisch und gab seine persönliche Version eines englischen Seemannstanzes zum Besten: Er sprang ziemlich oft in die Luft und fiel noch öfter vom Tisch, weil er Pas selbst gebranntem Kartoffelschnaps etwas zu ausgiebig zugesprochen hatte.

Gran Perkinski vollführte einen wilden Zigeunertanz mit Cousin Jim, der bei einem Schlachter arbeitete und sich für die Feier großzügig an einer Auswahl Schweinefüßen, Ochsenzungen, Taubenpasteten und Kuhfersen bedient hatte. Normalerweise war Jim ein nüchterner Mann, der mit seiner Frau und achtzehn Kindern über einem Pub in Lambeth wohnte; doch jetzt wirbelte er Gran mit solch lautstarker Begeisterung herum, dass die alte Mutter Perry, eine zänkische Nachbarin, sich aus dem Fenster lehnte und den Inhalt ihres Nachttopfes über ihren Köpfen ausleerte.

Um drei Uhr morgens kam Kate, die Tochter der Perkinskis, aus dem Pub zurück, wo sie lange Stunden als Barmädchen arbeitete. Kate war ein rothaariges Mädchen von vierzehn Jahren mit so vielen Sommersprossen im Gesicht, als hätte sie unter einem Sieb in der Sonne gelegen. Kate wollt Sängerin werden, und wenn sie der Kundschaft im Dog'n Bacon nicht gerade Bier servierte, quälte sie sie mit rührseligen Liedern von verlassenen Liebchen und vaterlosen Kindern.

Ihre Ankunft in Devil's Acre wurde von den Betrunkenen mit dem Ruf «Sing uns was vor, Kate» begrüßt, weil sie sich nicht mehr daran erinnerten, welch ohrenbetäubendes Ereignis das war. Und bevor die Nüchternen sie noch daran hindern konnten, stimmte Kate mit kreischender Stimme «The Widow's Last Prayer» an.

Jem hielt sich die Hände über die Ohren, verdrehte die Augen und gab ein Geheul von sich wie ein Hund, der auf einem Kaktus sitzt. Ned und Billy stimmten gleich mit ein. Je lauter Kate sang, desto lauter heulten sie, bis Kate schließlich die Geduld verlor.

«Pa!», rief sie und stampfte wütend mit dem Fuß auf. «Diese verflixten Bälger sollten längst im Bett sein.»

«Ja, hast Recht», stimmte er zu. «Los, Kinnings, zieht ab.»

«Aber Pa ...»

«Ihr habt gehört, was ich gesagt hab.»

«Immer verdirbt uns Kate den Spaß», grollte Jem, als sich die drei Jungen auf der Strohmatratze ausgestreckt hatten, die sie sich im Wohnwagen ihrer Eltern teilten. «Ich versteh nich', wozu Schwestern eigentlich gut sein sollen, ehrlich nich'. Wenn ihr mich fragt, sollte man die alle in 'nen Topf stecken und kochen.»

Kurz vor Morgengrauen wurden die Gäste langsam müde. Einer nach dem anderen verabschiedete sich schläfrig und schlurfte gähnend und stöhnend in den Frühnebel hinaus. Jem, Ned und Billy schliefen etwa eine Stunde tief und fest, bis ihre Mutter sie wachrüttelte.

«Steht auf, los», sagte sie. «Es is' Arbeit zu tun, grade wo euer Pa heute keine Meinung dazu hat. Und kommt nich' mit leeren Händen nach Hause, hört ihr, sonst gibt's kein Abendessen.»

«Aber was is' mit Frühstück, Ma?», fragte Billy gähnend.

«Frühstück? Gestern Abend habt ihr genug für 'nen ganzen Monat gegessen. Und jetzt ab mit euch.»

«Ich schlepp nich' wieder diesen Kasten», sagte Ned,

dessen Kopf sich dreimal so groß wie sonst anfühlte. «Der is' mir zu schwer.»

«Und ich will nich' Räderschlagen spielen», sagte Billy.

«Oh, hört auf zu jammern. Hey, ich weiß was», rief Jem. «Wir machen den Verletzungstrick. Der funktioniert immer erstklassig.»

«Nee, ich find nich', dass wir das nochmal machen sollten», sagte Ned zweifelnd.

«Was is'n daran schlecht?»

«Die kriegen uns ran wegen Betrügerei, das is' schlecht.»

«Wie kommste denn darauf?», protestierte Jem. «Wir verkleiden uns doch bloß und haben 'n bisschen Spaß. Wenn die Leute so dämlich sind, uns dafür Geld zu geben, is' das doch nich' unsre Schuld, oder? Los, Gran muss uns helfen.»

Doch Gran war nicht in der Verfassung, irgendjemandem zu helfen. Sie hatte ihren Geburtstag kräftiger gefeiert, als gut für sie war, und als die Jungen an die Tür ihres Wohnwagens hämmerten, knurrte sie nur, sie sollten verschwinden.

«Sie fühlt sich heute Morgen wahrscheinlich 'n bisschen angeschlagen», flüsterte Ned und wich ein Stück zurück, denn seine Großmutter konnte sehr gereizt sein, wenn es ihr nicht gut ging. «Ich schätze, wir lassen sie lieber in Ruhe.»

Doch Jem ignorierte ihn.

«Gran!», rief er. «Du musst uns mit dem Verletzungstrick helfen.»

Stille.

«Gran!»

Stille.

«Wir geben dir 'n Viertel vom Geld ab, das wir verdienen.»

Die Tür flog auf.

«Die Hälfte.»

«Oh, Gran …»

«Die Hälfte.»

«Na gut, na gut», gab Jem nach.

«Kommt rein, setzt euch hin und seid still», sagte die alte Frau. «Also, wer von euch kriegt die Kopfwunde?»

«Er», sagten Jem und Ned und deuteten auf Billy.

«Wieso ich? Wieso immer ich?», protestierte er.

«Weil du der Kleinste bist, und wenn du nicht machst, was wir sagen, kriegst du Prügel», erklärte ihm Jem brüderlich.

«Es is' 'n Glück, dass ich mir 'n bisschen Fleisch aufbewahrt hab», sagte Gran. Sie schnitt einen dünnen Streifen eines besonders blutigen Stücks ab und legte es auf Billys Stirn. Dann umwickelte sie seinen Kopf mit einer schmutzigen Bandage, bis nur noch ein kleiner Blutfleck zu sehen war. Daraufhin nahm sie eine Hand voll Mehl und rieb es dem Jungen auf Gesicht und Hals, bis er aussah wie ein Geist. Ein bisschen schwarze Schuhcreme unter den Augen vervollständigte das Bild eines kranken Kindes mit einer schrecklichen Kopfverletzung.

«Kann ich ’n bisschen von dem Fleisch essen, Gran?», bat Billy. «Ich verhunger.»

«Du verhungerst ständig, du kleiner Gierhals.» Gran schob ihn zur Seite und wandte ihre Aufmerksamkeit Ned zu.

«Also», sagte sie, «dir werde ich ’ne Verbrennung verpassen. Wo willst du sie haben?»

«Auf seiner Brust», schlug Jem vor. «Davon kriegen die Leute immer ’nen Riesenschreck, wenn sie das sehen. Letztes Mal is ’ne Frau in Ohnmacht gefallen.»

«Also hoch mit deinem Hemd, Ned», sagte Gran und bedeckte seine Brust mit einer dicken Schicht fettiger weißer Seife, worüber sie etwas starken Essig tröpfelte. Nach ein paar Minuten bildeten sich große gelbe Blasen, die aussahen wie Brandblasen.

Während Gran mit seinem Bruder beschäftigt war, hatte sich Jem den Fuß hinten an den Oberschenkel gebunden und eine von Pas weiten Hosen angezogen, deren eines Hosenbein zur Hälfte abgeschnitten war. Es war weit genug, dass der Junge sein abgeknicktes Bein hineinstecken konnte, sodass sein Knie wie ein Mitleid erregender, herunterbaumelnder Beinstumpf wirkte.

Gran quetschte noch etwas Blut aus dem Rest des Steaks und schmierte es über den «Stumpf». Dann trat sie einen Schritt zurück, um ihr Werk zu betrachten. «Perfekt», kicherte sie. «Damit könnt ihr jeden reinlegen. Ich würd euch selber Geld geben – wenn ich so dumm wär, mein Geld zu verschenken.»

«Am besten gehn wir gar nicht zur Strand», sagte Jem. «Ich hab neulich gesehn, wie die Harris-Kinder da den Verletzungstrick gemacht haben. Bloß dass jeder sehn konnte, dass ihre Verletzungen nicht echt warn, weil einer von ihnen 'ne rote Rübe unter der Bandage stecken hatte – 'ne rote Rübe, ehrlich!», höhnte er. «Anfänger. Die verderben uns Profis noch das Geschäft.»

Ned wollte zum Pool of London und den Schiffen auf der Themse zusehen, deren Segel sich in der Brise blähten und auf deren Decks sich die Heuballen in die Höhe stapelten, um die Tausende von Pferden zu füttern, die Londons Kutschen, Droschken und Busse zogen. Billy wollte zur Mall, wo man vielleicht einen Blick auf Königin Victoria und ihren Mann Prinz Albert erhaschen konnte, wenn sie den Buckingham-Palast betraten oder verließen. Doch Jem wollte zum großen Markt in Covent Garden, wo die Straßenhändler Früchte und Gemüse kauften, um sie später am Tag von ihren Handwagen und Eselskarren wieder zu verkaufen.

Also machten sie sich auf den Weg nach Covent Garden.

Sie kamen nur langsam voran. Gähnend und mit schweren Augenlidern schlurften sie nach Whitehall und über den Trafalgar Square: Jem auf seinen Krücken; Billy, der wegen der blutgetränkten Bandage, die ihm ständig über die Augen rutschte, nicht sehen konnte, wohin er ging; und Ned, dessen Brust allmählich zu spannen und zu jucken begann, nachdem die Seife getrocknet war.

«Die da is' gut», murmelte Jem, als eine Frau mit mütterlichem Aussehen in Sicht kam. «Die sieht richtig weichherzig aus. Na los, macht was», zischte er seinen Brüdern zu, während er mit schmerzverzerrtem Gesicht auf Krücken auf sie zuhüpfte.

Billy hielt sich die Hand an den Kopf und begann zu jammern, und Ned schlang zögernd die Arme um seine Brust und stöhnte.

«Bitte, Missus», sagte Jem und zog den Hut, als die Frau auf ihrer Höhe war, «spendieren Sie 'ne Münze für drei arme Waisenkinder, die schreckliche Unfälle erlebt haben.»

«Du meine Güte», rief sie, «was ist denn mit euch geschehen, ihr armen Kinder?»

«Mich hat 'n Bus überfahren», erklärte Jem. «Der is' mir übern Fuß gerollt, und als ich noch auf der Straße lag, is' er zurückgerollt und hat mir das Bein unterm Knie abgetrennt. Ich hab die Teile noch zu Hause, und der Doktor hat gesagt, dass er sie mir wieder annähen kann, wenn ich will, aber ich hab das Geld nich' ... Billy!», fauchte er seinen laut heulenden Bruder an. «Halt den Rand, sie kann mich ja gar nich' hörn ... Und mein Bruder», fuhr Jem fort und nickte Ned zu, der geduldig auf seinen Auftritt wartete, «mein Bruder is' in 'nen Bottich mit siedendem Öl gefallen ... Zeig's der Lady, Ned.»

Ned zog sein Hemd hoch, um ihr die großen Blasen zu demonstrieren, die sich mittlerweile über der gesamten Brust ausgebreitet hatten.

«Er hat aufm ganzen Körper Verbrennungen und Blasen, Missus», sagte Jem, «aber die kann er Ihnen nich' zeigen, weil, ein paar davon sind auf seinem …» Er zögerte verschämt.

«… seinem Hintern», ergänzte Billy.

«In der Tat, in der Tat», murmelte die Frau errötend. «Doch wenn er in einen Bottich mit siedendem Öl gefallen ist, wieso ist dann sein Kopf gar nicht verbrannt?», fragte sie stirnrunzelnd und betrachtete eingehend Neds Gesicht, das verdächtig frei von Brandblasen war.

«Oh, das is', weil … äh … weil … er reingetaucht wurde», sagte Jem, «von meinem bösen Stiefvater, 'nem echt üblen Kerl. Er hat meinen armen kleinen Bruder an den Haaren gepackt und –»

«Ich bin nicht klein», fauchte Ned.

«– und ihn in siedendes Öl gesteckt», fuhr Jem fort, die Bemerkung ignorierend. «Und mein jüngster Bruder» – er deutete auf Billy, der aufgehört hatte zu heulen und stattdessen leidenschaftlich in der Nase bohrte – «lag im Bett oben in seinem Zimmer», sagte Jem, denn er hatte gehört, dass reiche Kinder ihre eigenen Betten besaßen, im Gegensatz zu ihm und seinen Brüdern, die sich alle auf einem drängeln mussten, «als plötzlich ein Kugelblitz so groß wie 'n Pferd, nee … nee, so groß wie 'n Elefant, durchs Dach fiel. Hat ihn ganz schön erwischt, ehrlich, genau durchs Hirn.»

«Soll ich's Ihnen zeigen, Lady?», rief Billy eifrig. «Ich hab 'n großes Loch im Kopf. Sie können fast bis zu meinen Mandeln runtergucken.»

«Nein, nein!» Die Frau bedeckte ihre Augen, als Billy begann, die Bandage abzuwickeln. «Oh, du armes Kind, was hast du erleiden müssen», sagte sie und streichelte ihm über die Wange. «Was kann ich nur tun, um euch zu –» Sie brach mitten im Satz ab und starrte auf ihre Hand. Ihr hübscher blauer Lederhandschuh war weiß verfärbt. «Was in Himmels Namen …?» Sie schüttelte verwirrt den Kopf. «Das ist … das ist *Mehl!*», rief sie, als sie den Schwindel erkannte. «Ihr kleinen Schurken!»

«Lauft! Zack-zack, bevor die Polente kommt!», drängte Jem seine Brüder, während die Frau lauthals nach der Polizei rief.

Kinder, die bei Betrügereien wie dem Verletzungstrick erwischt wurden, brachte man vor den Friedensrichter, der sie auspeitschen ließ oder eine Geldbuße forderte. Jem bewegte sich auf seinen Krücken jedoch bemerkenswert schnell vorwärts, und er und seine Brüder waren schon bald außer Gefahr.

Aber das Glück war an diesem Tag nicht auf ihrer Seite. All ihr Bitten, Klagen und Weinen konnte die Herzen der Bürger von London an diesem kalten Novembermorgen nicht erweichen. Viele verzogen das Gesicht, wenn sie das

Mitleid erregende Dreiergespann mit ausgestreckter Hand auf sich zuhumpeln sahen. Andere wandten den Blick ab. Doch die Mehrheit beachtete sie einfach nicht. Kranke, hungrige Kinder in zerlumpten Kleidern, deren Gesichter und nackte Füße vor Dreck starrten, gehörten ebenso zum Straßenbild des viktorianischen London wie die Gaslampen, Drehorgeln und Tanzbären.

Gerade als Jem einem freundlichen Pastor ein paar Pennys entlocken wollte, wurden die Jungen von einem Polizisten gesichtet.

«Runter mit der Verkleidung!», rief Jem. Und er band seinen Fuß los, während Ned die Bandage von Billys Kopf wickelte, das Stück Fleisch darin einrollte und es sich in die Tasche steckte.

«Los jetzt», sagte er, packte Billys Hand, drehte sich um und rannte.

Der Polizist drückte sich den Helm fest auf den Kopf, schwang seine Klapper und jagte sie die St Martin's Lane hinauf und in die Long Acre hinein. Doch die Jungen liefen schneller, tauchten in kleine Seitenstraßen ein, huschten durch halbdunkle Gassen und Hinterhöfe, bis sie außer Atem waren und nicht mehr laufen konnten.

«Is' alles ... is' alles gut», keuchte Jem. «Er hat uns verloren.»

«Ja, und jetzt sind wir selber verloren», beschwerte sich Ned. «Ich kenn mich hier überhaupt nicht aus. Was solln wir denn jetzt machen?»

«Lass mich mal 'n Augenblick nachdenken», sagte Jem und beugte sich vor. «Ich hab Seitenstechen und ... Billy! Billy, komm zurück, du kleines Miststück!»

Doch Billy hatte sich schon aus Jems Griff losgewunden, lief über die Straße und presste die Nase gegen das Fenster eines Lebensmittelgeschäfts. Verzückt starrte er auf die Auslage von riesigen Schinken, Käserädern, braunen Krustenbroten, Kuchen, Torten und Süßigkeiten.

«Mann, guckt euch das an!», sagte er, als seine Brüder ihn eingeholt hatten. «Is' das nich' umwerfend?»

«Ja», stimmte Ned zu. «Aber vom Kucken wirste auch nich' satt.»

«Ich verhunger», jammerte Billy und starrte auf ein paar besonders saftige Schweinepasteten. «Können wir nich' eine von denen kaufen?»

«Womit denn?», fragte Ned. «Wir haben kein Geld.»

«Nee, wir haben kein Geld, aber wir haben 'nen schlauen Kopf, oder etwa nich'?», sagte Jem augenzwinkernd. Und er spazierte unauffällig vor dem Ladeneingang hin und her.

«Keiner drin», flüsterte er, «außer dem Besitzer und seiner Frau, so wie's aussieht. Ned, hast du noch 'n bisschen Seife übrig?»

Sein Bruder hob das Hemd, betrachtete seine Brust und nickte. Jem streckte die Hand aus, um etwas von der Seife abzukratzen, aber Ned stieß seine Hand weg. «Nee, das mach ich nich'.»

«Na gut, dann mach ich's eben», sagte Jem.

«Du bringst uns alle nur in Schwierigkeiten.»

«Hör zu, Ned», unterbrach Jem ihn wütend, «hast du Hunger oder nich'?»

«'türlich hab ich Hunger.»

«Ich auch. Und Billy auch. Aber wir haben heute kein Geld verdient, also können wir uns nix zu essen kaufen, oder? Und wenn wir mit leeren Händen nach Hause kommen, kriegen wir auch nix zu essen. Also, willst du jetzt was zu essen oder nich'?»

«Oh, na gut», murmelte Ned. «Aber das is' das letzte Mal. Zwei von Cousine Mauds Kindern wurden letzte Woche bei diesem Trick erwischt, und jetzt sitzen sie im Knast.»

«Aber die wurden auch erwischt, stimmt's?»

«Ja, und wir werden auch erwischt.»

«Nee, werden wir nich'. Dafür sind wir zu clever – ich zumindest», prahlte Jem. «Und jetzt mach hin, du verplemperst nur Zeit.»

Ned kratzte sich ein großes Stück Seife von der Haut und schob es sich unter die Zunge. Dann ließ er sich vor der Ladentür auf den Boden fallen, warf sich hin und her, wobei er die Arme und Beine wie eine Windmühle herumschleuderte und jämmerliche Schreie ausstieß.

«Hilfe! Hilfe! Mein Bruder hat 'nen Anfall!», rief Jem, als der Seifenschaum aus Neds Mund lief. «Er stirbt!»

Sobald der Ladenbesitzer mit seiner Frau herauskam, warf Ned sich noch heftiger herum, ließ seinen Kopf hin und her rollen, verdrehte die Augen, trommelte mit den Füßen auf den Boden, keuchte und schrie.

Billy war von der Darbietung seines Bruders so beeindruckt, dass er anfing zu lachen und in die Hände klatschte, bis Jem ihm eine Ohrfeige verpasste.

«Der arme Wurm», sagte die Frau des Ladenbesitzers und beugte sich über Ned. «Was können wir bloß tun?»

«Wenn man ihn festhält, hört er meistens auf», sagte Jem. «Aber man muss richtig doll festhalten, sonst geht's wieder los, und er verletzt sich. Letztes Mal hat er sich bei so 'nem Anfall glattweg die Zunge abgebissen.»

«Na, offenbar ist sie ihm nachgewachsen», sagte der Ladenbesitzer nach einem Blick in Neds Mund.

«Ja, na ja … äh … der Doktor hat sie ihm wieder angenäht», sagte Jem. «Vorsicht, es wird schlimmer! Halten Sie ihn, sonst bringt er sich noch um.»

Doch Ned sorgte dafür, dass weder der Ladenbesitzer noch dessen Frau seine Arme oder Beine festhalten konnten. Er arbeitete sich richtig in Rage und hüpfte auf und ab, während ihm ein endloser Strom aus Seifenschaum über Kinn und Hals rann.

Währenddessen lief Jem in den Laden und begann mit schuldbewussten Blicken über die Schulter Pasteten, Käse und knusprige Brötchen vorn in seinen Mantel und in die Taschen zu stopfen.

«He, was fällt dir denn ein?», rief ein Junge, der plötzlich aus dem Hinterzimmer des Ladens getreten war.

Jem warf einen Blick in das überraschte Gesicht, lief nach draußen, packte Billy, schrie Ned zu: «Mach die Fliege!», und rannte so schnell er konnte die Straße hinunter. Ned sprang auf, stieß dabei seine «Helfer» um, spuckte den Rest der Seife aus und hastete seinen Brüdern hinterher.

Rufe wie «Haltet die Diebe!» und «Ihnen nach!» erfüllten die Luft.

«Schneller, Billy, schneller!», drängte Jem, als die Verfolger immer näher kamen.

«Ich kann nich'», keuchte Billy. «Ich kann nich'. Meine Beine wollen einfach nich' mehr laufen.» Und er stolperte und fiel hin.

«Hier rein, schnell», sagte Jem und deutete auf ein halb geöffnetes Tor, das in einen dunklen Hof führte. Er und Ned nahmen Billy in die Mitte, hasteten hinein und kauerten sich auf den Boden. «Kein Wort», warnte Jem, als die Schritte immer lauter wurden. «Ich zieh dir das Fell über die Ohren, Billy, wenn du 'nen Mucks machst.»

«In welche Richtung sind sie gelaufen?», rief jemand auf der Straße.

«Da runter!»

«Nein, ich hab sie dort laufen sehen!»

Eine ganze Gruppe schien sich zu ihrer Verfolgung zusammengefunden zu haben, und die Jungen drängten sich mit angsterfüllten Blicken aneinander und wagten kaum zu atmen.

«Die erkenne ich schon wieder, wenn sie mir nochmal begegnen», rief ein Mann, an dessen Stimme Jem den Ladenbesitzer erkannte. «Einer ist ein kleiner, stämmiger Kerl mit den hinterlistigsten Augen, die ich je in einem Gesicht gesehen hab, und der andere ist 'ne Bohnenstange, dem das Haar in Büscheln absteht.»

«Und sie haben noch ein kleines Kind bei sich», fügte seine Frau hinzu. «Hat 'n Gesicht wie 'n Engel – nur leider nicht die passende Seele dazu.»

Nach einigen Minuten der Verwirrung begann sich die Menge vor dem Tor zu zerstreuen. Sie hatten die Spur verloren und verloren nun auch das Interesse an der Sache.

«Ich glaube, die sind weg», flüsterte Jem. Und er öffnete das Tor und spähte vorsichtig hinaus. «Ja, wir haben sie abgeschüttelt. Los, gehn wir.»

«Erst was essen», bat Billy.

«Ja, was ist mit den Fressalien?», sagte Ned. «Los, Jem, gib rüber.»

Doch Jem schüttelte traurig den Kopf. «Is' mir alles beim Laufen rausgefallen.»

«Was, das ganze Essen?»

«Alles.»

«Mist, all die Arbeit, und dann kriege ich nichts als 'n Mund voll Seife. Ich wusste ja, ich hätt's nicht machen sollen. Warum hör ich bloß auf dich?», beschwerte sich Ned.

Billy brach in Tränen aus.

«Gib ihm das Stück Fleisch in deiner Tasche, um Himmels willen», sagte Jem. «Damit er bloß aufhört zu jammern.»

Es war eine müde, niedergeschlagene kleine Truppe, die sich auf den Heimweg nach Devil's Acre machte. Und zu allem Übel hatte sich der schwefelhaltige Rauch, der aus den Tausenden von Londoner Schornsteinen qualmte, zusammen mit der feuchten Novemberluft zu einem dichten Nebel vereint, der so dick und grünlich war wie ein Teller Erbsensuppe. Er wirbelte um die Jungen herum, brannte in ihren Augen und füllte ihre Lungen, bis sie keuchten und husteten.

«Das is' die falsche Richtung», sagte Ned, nachdem sie einige Minuten stumm vor sich hin gegangen waren.

«Is' es nich'», versicherte ihm Jem, obwohl er sich selbst fragte, wo sie waren.

«Mir gefällt's hier nich'», jammerte Billy, und er drängte sich näher an Jem und umklammerte den Mantelzipfel seines Bruders mit seiner kleinen Faust.

Als die Dämmerung kam, wurde der Nebel noch dichter – so dicht, dass sich die Jungen kaum noch sehen konnten, obwohl ihre Schultern aneinander stießen.

«Bleibt dicht zusammen», sagte Jem. «Ned, nimm meine Hand, sonst verliern wir uns noch … Billy? Billy, wo bist du?»

«Ich bin hier, Jem. Ich ess mein Fleisch», antwortete er und kaute hungrig auf dem rohen Stück herum.

«Los, komm jetzt.»

Körperlose Stimmen schwebten durch die verpestete Luft. Schritte eilten an ihnen vorbei.

«He, schieb ab!», schrie Ned, als ein Betrunkener mit ihnen zusammenprallte.

«Dämlicher alter Kerl», murmelte Jem und stieß ihn fort.

Eine Frau in der Nähe rief: «Effie! Effie!»

«Wo sind wir, Missus?», schrie Jem. «Wir haben uns verirrt.»

«Du hast dich nicht verirrt, Herzchen», kam die Antwort. «Du bist in St Giles, im schönen alten London.»

«St Giles?», stieß Jem keuchend hervor. Nichts ahnend waren er und seine Brüder in die Rookery geraten, das gefährlichste Viertel der Stadt. Mörder, Diebe und alle Arten von Kriminellen wohnten hier, die Ärmsten und Verzweifeltsten von London – alle auf einem Haufen, schnatternd, streitend, nacheinander hackend wie ein riesiger Schwarm hungriger Vögel auf einem Baum. Sogar Pa Perkinski, der sonst ein harter Bursche war, traute sich nicht allein in die St Giles Rookery. Und schon gar nicht nach Einbruch der Dunkelheit.

«Die schlitzen dir den Hals auf, sobald die dich sehen», hatte er den Jungen finster erklärt. «Wenn euch das Leben lieb ist, dann kommt diesem Ort nich' zu nahe.»

Jem tröstete sich mit dem Gedanken, dass der Nebel ihn und seine Brüder wie einen Schutzmantel umgab, und er hoffte, er würde sich bis zum Morgengrauen halten. Doch wo sie schlafen und was sie am nächsten Morgen tun sollten, wenn jeder sie sehen würde, das wusste er nicht.

«Mir is' kalt», jammerte Billy. «Und ich bin müde.»

«Psst!», warnte Jem. «Uns soll keiner hören. Wenn sie nicht wissen, wo wir sind, dann passiert uns auch nichts.»

Überall um sie herum waren nun Stimmen zu hören, leises Gemurmel und drohendes Flüstern.

«Ich glaub, wir werden verfolgt», flüsterte Ned und blickte immer wieder über die Schulter. «Ich kann keinen sehen, aber ich weiß, da is' einer.»

«Da is' keiner», murmelte Jem, obwohl auch er spürte, dass jemand ihren Schritten folgte. «Mann, Hilfe, was is' das?», kreischte er, als etwas an seinem Bein vorbeistrich.

«Das war nur 'ne Katze.»

Erschreckt hatte Billy sein Stück Fleisch fallen lassen, an dem er herumkaute, und nun bückte er sich, um auf dem Boden danach zu tasten. Doch seine Brüder merkten nicht, dass er angehalten hatte, und gingen weiter.

«Wartet! Wartet auf mich!», schrie Billy und wollte ihnen gerade nachlaufen, als sich zwei Hände aus dem Nebel schoben und nach ihm griffen. Er stieß einen entsetzten Schrei aus, dann wurde ihm eine Faust in den Mund gesteckt, die ihn zum Schweigen brachte.

Beim Schrei seines Bruders machte Jems Herz einen großen Satz. «Billy!», rief er und lief zurück. «Billy, wo bist du? Wo steckst du?»

Er drehte sich um und prallte mit Ned zusammen.

«Was is' passiert?»

«Woher soll ich das wissen?»

«Er muss hingefallen sein.»

«Aber er hat geschrien. Wieso hat er geschrien?»

Tausende von Stimmen erfüllten die Nacht. Doch Billys Stimme war nicht darunter.

Jem und Ned liefen im dichten Nebel vor und zurück und im Kreis herum und riefen mit lauter Stimme nach Billy, bis sie sich an der feuchten Luft verschluckten.

«Es hat keinen Sinn», keuchte Jem. «Er is' … er is' weg. Schätze, jemand hat ihn mitgeschnackt.»

«Glaubst du, dieser Mann hat ihn, Jem? Glaubst du, es war dieser Ramsbottom? Glaubst du …?»

«Ich weiß es nich'. Ich weiß es nich'! ICH WEISS ES NICH'!», schrie Jem, außer sich vor Angst. «Jeder könnte ihn mitgeschnackt haben.»

Es herrschte eine lange Stille, in der sich in Ned das Grauen dieser Vorstellung setzte.

«Was werden die mit ihm machen, Jem?», flüsterte er. «Ob die ihm wehtun?»

«Wir müssen nach Hause. Wir müssen das Pa erzählen.»

«Glaubst du, wir sehen Billy jemals wieder? Glaubst du …?»

«Halt den Rand», knurrte Jem. Und er packte Ned am Arm und machte sich auf den Weg in Richtung, so hoffte er, Devil's Acre.

·· 4 ··

Billy war so verängstigt, dass er kaum begriff, was geschehen war – die plötzlich herannahenden Schritte, die eisernen Hände, die nach ihm griffen, die unterdrückten Flüche, als er sich zu befreien versuchte.

Die Stimmen seiner Brüder, die nach ihm riefen, wurden schwächer und schwächer, während er durch die wirbelnden Nebelschwaden geschleppt wurde, durch dunkle, fremde Straßen, immer tiefer und tiefer ins Herz der schrecklichen Rookery hinein.

Schließlich hielt sein Entführer vor einer Tür an. Nachdem er sich Billy wie einen Kohlensack über die Schulter geworfen hatte, hob er die Faust und klopfte ein verabredetes Zeichen an die Tür: *tap ti ti tap tap.*

«Wer ist da?», kam eine scharfe Stimme von drinnen.

«Ich.»

«Wer is' ich?»

«Mr Bullock, natürlich», sagte der Mann schroff. «Wer zum Henker soll es sonst sein?»

«'tschuldigung, Mr B.»

Die Tür öffnete sich, und ein Junge stand im Türrahmen.

Billy war an Schmutz gewöhnt. Seine eigene Haut besaß eine dunkelgraue Farbe, und seine Haare waren so verfilzt, dass keine Bürste und kein Kamm sich je hindurchkämpfen konnten; doch noch nie hatte er etwas so Schmutziges gesehen wie diesen Jungen, der jetzt zur Seite trat, um sie hereinzulassen. Sein Gesicht, seine Arme und Beine waren schwarz vor Dreck, seine Kleider grau und speckig. Nur seine Augen glänzten weiß, ebenso wie die drei Zähne, die er beim Grinsen entblößte, so wie gerade jetzt.

«Hallo, Mr B», sagte er. «Auf der Jagd gewesen, was?»

«Ja, ich hab ’nen neuen Steppke, Pete», antwortete der Mann und hielt Billy zur Anschauung hoch. «Erste Klasse, was? Hat genau die richtige Größe für die Arbeit.»

Billy strampelte und versuchte sich aus dem Griff des Mannes zu befreien. Er wand sich und trat um sich, bis sein Gesicht vor Anstrengung ganz rot geworden war.

«Gut gemacht, Mr B, sieht ganz so aus, als hätten Sie da ’n viel versprechendes Talent gefunden», sagte Pete. «Auch ganz schön kämpferisch, wie man sieht», fügte er hinzu, als Billy versuchte, seine Zähne in den Arm des Mannes zu graben. «Bringen Sie den kleinen Satansbraten doch mal näher ans Licht, damit wir ihn uns angucken können.»

Mr Bullock hielt Billy auf Armeslänge von sich weg und trug ihn in eine kleine, gemütliche Küche. Ein Feuer knisterte im Kamin, und auf einem langen Holztisch in der Mitte des Raumes flackerte eine Öllampe. Schwarze Stiefel standen ordentlich aufgereiht vor der Tür, und an einer

Leine, die zwischen den Sparren von einer Wand zur anderen gespannt war, hingen Hemden, Röcke, Schürzen und Hosen in allen Grauschattierungen zum Trocknen.

Eine Frau stand am Kohlenherd und rührte in einem Suppentopf, während ein junges Mädchen Teller und Besteck auf den Tisch legte.

«Hallo, meine Hübsche», sagte Mr Bullock, und das Mädchen lief mit einem hässlichen Humpeln auf ihn zu. Er ließ Billy auf den Boden fallen, hob sie hoch und schwang sie herum, bis sie ihn lachend bat aufzuhören. «Du machst mich ganz schwindelig, Papa», sagte sie.

«Ich hab 'nen neuen Lehrling, Clem», sagte er und deutete auf Billy, der unter dem Tisch kauerte. «Hol ihn mal raus, Pete.»

Pete ließ sich auf alle viere nieder und streckte die Hand aus, um nach Billy zu greifen, doch der kleine Junge sprang auf, lief zur Tür und zerrte an der Klinke.

«Haltet ihn!», schrie Pete, und sofort schossen zwei Jungen, die in einer dunklen Ecke gehockt hatten, hervor und zerrten den schreienden und um sich tretenden Billy zurück in die Küche.

«Du kleiner …!», grollte der Schornsteinfeger und hob den Arm.

«Nein, Papa, schlag ihn nich'», bat das Mädchen. «Er is' doch noch 'n Baby.»

«Clem hat Recht», stimmte Pete zu, als die drei Jungen Billy umringten und ihn kritisch musterten. «Den müssen

Sie direkt aus der Wiege geklaut haben, Mr B. Wie alt bist du denn, Steppke?»

Billy hielt eine Hand hoch und spreizte die Finger.

«Fünf? So siehste aber nich' aus.»

«Und wie heißt du?»

«Billy.»

«Billy was?»

«Billy Perkinski.»

«Perkins*ki*?»

«Ich bin 'n Zigeuner», sagte Billy schnell, bevor alle in Gelächter ausbrachen.

«Erzähl doch keine Märchen», höhnte Mr Bullock. «Du bist niemals 'n Zigeuner. Ich schätze, da hat dich jemand aufn Arm genommen.»

«Das is' jetzt egal, Billy, jetzt biste einer von uns, 'n Kollege. Komm rüber und wärm deine Knochen», sagte Pete und zog ihn ans Feuer. «Das hier sind Dick und Harry», er deutete mit dem Kopf auf die beiden anderen Jungen, die ebenso verdreckt waren wie Pete, «die alte Schreckschraube da am Herd ist Mr Bs Frau», raunte er mit leiser Stimme, «aber sie bellt schlimmer, als sie beißt, also kümmer dich nich' drum, wenn sie anfängt zu schreien. Und Clem» – sein Ausdruck wurde weich, als er einen Blick über die Schulter warf, wo das Mädchen gerade dem Vater seine Stickarbeit zeigte –, «die is' in Ordnung. Und was Mr B angeht …» Er zuckte die Schultern. «Ich schätze, er is' besser als die meisten Schornsteinfegermeister. Aber du darfst ihn nich' aufm falschen Fuß erwischen.»

«Was meinst du damit?», flüsterte Billy, der noch nie Bekanntschaft mit einem Schornsteinfeger gemacht hatte.

«Das wirste schon noch rausfinden», murmelte Pete.

«Abendbrot fertig, Flo?», fragte Mr Bullock und nahm seinen Platz am Kopf des Tisches ein.

«'n Augenblick dauert's noch, Liebling», sagte seine Frau. «Erst mal stecke ich die Jungs hier in den Zuber.»

«Was?» Die Jungen wichen entsetzt zurück.

«Aber wir haben erst vor zwei Monaten gebadet, Mrs B», protestierte Pete.

«Dann ist es höchste Zeit. Für den da auch», sagte sie und deutete mit dem Kopf auf Billy. «Sieht mir so aus, als könnte der auch gut 'n Bad gebrauchen.»

«Nee, könnte ich gar nicht», sagte Billy erschrocken. «Meine Ma sagt, Wasser is' nicht gesund.»

«Das wird noch viel ungesunder für dich, wenn du nich' tust, was Mrs B sagt. Raus!», brüllte der Schornsteinfeger.

Vor sich hin murmelnd und schimpfend traten die Jungen nacheinander auf einen kleinen Hinterhof, wo sie in der eiskalten Nachtluft zitternd stehen blieben.

«Hilf mir mal damit, Pete», sagte Mrs Bullock und deutete auf zwei Wassereimer. «Und verschütte bloß nichts. Ich musste 'ne halbe Stunde für das Wasser da anstehen, und dann is' das Standrohr gebrochen, also werden wir wohl wer weiß wie lange kein Wasser mehr kriegen.»

«Da hamse Recht, Mrs B», sagte der Junge und goss das kalte Wasser in einen rostigen alten Zuber.

«Also, wer is' der Erste?», fragte sie.

«Der», antworteten die Jungen. Und bevor Billy flüchten konnte, hatten sie ihm alle Kleider ausgezogen, die er von seinen Brüdern auftrug – angefangen von der großen, ausgebeulten Mütze auf seinem Kopf bis hinunter zu der zerrissenen Hose, die bis zu seinen Knien hochgekrempelt war.

Billy stieß einen Schrei aus, als man ihn in das eiskalte Wasser tauchte, und er schrie noch lauter, als Mrs Bullock ihn mit Scheuerbürste und einem großen Stück Karbolseife bearbeitete, das nach Teer roch.

«Sie kratzen mir ja die Haut ab! Ich sterbe! Hören Sie doch auf, Missus!», bettelte er, doch sein Rufen traf auf taube Ohren.

«In deinen Achselhöhlen kann man ja schon Kohlköpfe pflanzen», sagte sie und scheuerte sie mit der harten Bürste ab. «Und dein Hals hat wohl noch nie 'nen Tropfen Wasser gesehen. Jetzt zieh dich wieder an», sagte sie, als er aus dem Zuber kletterte. «Und wenn du mal musst, der Abtritt is' da drüben.» Sie deutete auf ein Loch im Boden über einer Abfallgrube. «Also, Dick, du bist an der Reihe. Halt dich ran, Junge.»

Unter heftigem Protest zog Dick seine verdreckten Kleider aus und stieg in den Zuber. Doch während Mrs Bullock ihn schrubbte und polierte, geschah etwas Merkwürdiges.

«He», sagte Billy. Er beugte sich über den Zuber und berührte erstaunt die Haut des Jungen. «Du hast dich rosa gefärbt.»

Die drei Jungen brachen in Gelächter aus.

«Das liegt an unserem Beruf, Billy», erklärte Pete. «Wir haben immer 'ne Rußschicht.»

«Was is' Ruß?»

«Der Kram, den du im Schornstein findest.»

«Ich hab keinen Schornstein.»

«Klar haste einen. Alle Häuser haben 'nen Schornstein.»

«Unsers nich'.»

«Dann isses kein ordentliches Haus.»

Billy machte ein langes Gesicht. «Es hat Räder», sagte er in der Hoffnung, dass diese Tatsache den fehlenden Schornstein ersetzen könnte.

«Oh, jetzt versteh ich, du wohnst in 'nem Wohnwagen.» Pete nickte. «Na, dann brauchste uns nicht. Wir sind Schornsteinfeger, weißt du? Zumindest warn wir das mal, bloß jetzt sind wir zu groß dafür, darum schicken wir so Kleine wie dich in die Schornsteine, um die Lage zu peilen.» Und er tippte sich mit dem Finger an die Nase und grinste Billy schelmisch an. «Wenn du weißt, was ich mein'.»

Billy wusste nicht, was Pete meinte. Er war noch nie in einem Schornstein gewesen und konnte sich nicht vorstellen, welche Lage man da drin einnehmen sollte.

«Welche –», begann er, doch Mrs Bullock schnitt ihm das Wort ab.

«Genug geplaudert jetzt. Und schüttet das nich' weg, ihr Trottel!», rief sie, als Dick und Harry den Waschzuber anhoben, dessen Wasser jetzt so schwarz und voll mit Ruß war, dass es eher einem Schlammbad glich. «Mr B wird sich später noch damit waschen. Jetzt komm, du.» Sie stieß Billy vor sich her in die Küche. «Setz dich dahin», sagte sie und deutete auf eine Ecke im Raum, die am weitesten vom Esstisch entfernt lag, «und halt den Mund. Ich mag keinen Krach, wenn ich esse. Das schlägt mir aufn Magen.»

«Mann», murmelte Dick, als die Frau Schüsseln mit dampfenden Kaldaunen und Kartoffeln und Klößen auf den Tisch stellte. «Guck dir das an, Pete.»

«Ich gucke ja. Und das is' alles, was ich tue, weil wir nichts davon abkriegen werden», sagte der Junge verstimmt.

«Wir kriegen bloß die Reste von gestern», seufzte Harry.

Die Reste bestanden aus einer Schüssel kalter Kartoffeln, schleimigem Kohl, harten Brotrinden und abgenagten Speckschwarten, die die Frau des Schornsteinfegers vor ihnen auf den Fußboden stellte.

«Iss, Steppke», drängte Pete Billy, während er sich selbst die fettigen Überreste eines Schweinekoteletts in den Mund stopfte und gierig daran lutschte. Doch obwohl sein Magen leer war, hatte Billy das Gefühl, dass in seinem Hals ein faustdicker Knoten steckte, und er bekam nichts hinunter.

«Kann ich jetzt nach Hause, Pete?», flüsterte er.

«Haste 'ne Meise? Du musst hier bleiben.»

«Wie lange denn?»

«So lange, wie Mr B das will.»

«Komm ich denn nie mehr nach Hause?»

«Na ja, ich bin jetzt ...», Pete zählte mit fettigen Fingern, «beinahe vier Jahre hier.»

«Vier Jahre?», rief Billy entsetzt. «Aber dann bin ich schon alt!»

Pete zuckte mit den Schultern.

«Ich bleib nich' hier», sagte Billy mit erhobener Stimme, «ich geh nach Hause», rief er. «Ich werde –»

«Pssst!» Pete presste ihm die Hand auf den Mund. «Lass Mr B das nich' hören», zischte er und blickte nervös zum Tisch, wo der Schornsteinfeger aus einem riesigen Humpen Bier trank. «Und fang bloß nich' an zu flennen», fügte er hinzu. «Wenn es eins gibt, was Mr B nicht ausstehen kann, dann sind das flennende Kinder. Das macht ihn glatt rasend.»

«Was is' los mit dem Balg?», rief der Schornsteinfeger und stand auf.

«Gar nichts, Mr B, gar nichts», sagte Pete und wischte Billy hastig die Tränen mit seinem Ärmel ab. «Ihm steckt bloß 'n Stück Speckschwarte im Hals.»

Clem hatte den Jungen besorgte Blicke zugeworfen, als

ihr Vater nicht hinsah, und Billys Tränen bemerkt. «Was gibt's denn zum Nachtisch, Mama?», fragte sie jetzt.

«Was du am liebsten magst, mein Schatz», sagte die Frau und lächelte sie liebevoll an. «Ingwerkekse.»

«Nich' schon wieder Kekse!», rief Mr Bullock. «Warum essen wir nich' mal wieder Plumpudding oder Apfelkuchen?»

«Weil Clem so gerne Kekse mag», sagte seine Frau mit strafendem Ton.

«Was? Oh … na gut.» Sein zorniges Gesicht wurde von einem sanften Lächeln geglättet. «Dann essen wir Kekse, wenn mein kleiner Schatz das möchte», sagte er und tätschelte die Wange seiner Tochter. «Auch wenn ich nich' versteh, warum sie die so mag.»

«Weil sie in der Tasche nich' so kleben wie 'n Stück Kuchen», flüsterte Pete. Und die anderen Jungen kicherten und stießen sich an.

«Gut», sagte Mr Bullock, als das Essen vorbei und das Geschirr weggestellt worden war. «Wir müssen morgen früh raus, also werd ich mir jetzt 'ne Mütze voll Schlaf holen – ich guck aber erst nach, ob alles zugesperrt ist», sagte er, wobei er einen großen Schlüssel aus der Tasche zog und die Haustür abschloss. «Damit hier keiner versucht abzuhauen, stimmt's?», sagte er. Dabei kicherte er boshaft und warf Billy einen bedeutenden Blick zu.

Der kleine Junge ließ die Schultern hängen und unterdrückte ein Schluchzen.

«Komm, meine Hübsche, ab ins Bett», sagte Mr Bullock zu seiner Tochter und breitete die Arme aus, während seine Frau die Öllampe löschte und eine Kerze anzündete. Als er seine Tochter hochhob, blieb ihr langer Rock an der Lehne ihres Stuhls hängen und entblößte einen dicken, unförmigen Stiefel, der wie ein Anker an ihrem spindeldürren Bein herabbaumelte.

Der Anblick eines Krüppels, sei es Mann, Frau oder Kind, war im viktorianischen London so gewöhnlich, dass niemand einem Mädchen mit Klumpfuß Beachtung schenken würde. Doch Clem war ganz offensichtlich tief beschämt, denn ihr Gesicht rötete sich, und sie zog ihren Rock herunter und murmelte mit verletzter Stimme: «Papa!»

«Tut mir Leid, tut mir Leid, meine Hübsche», flüsterte er schuldbewusst, weil er sie bloßgestellt hatte. «Aber ich glaub, es hat keiner gesehn.»

«Lass mich runter, Papa, ich hab meine Stickarbeit vergessen», sagte sie. «Nein, geh du nur rauf, ich hol sie schon.»

«Aber du brauchst deine Stickarbeit jetzt nicht, Clem. Im Bett kannst du nich' nähen.»

«Ich möchte sie aber haben, Papa. Bitte.»

«Also gut. Und von euch» – der Schornsteinfeger drohte den Jungen mit dem Finger – «will ich keinen Mucks mehr hören, verstanden?», sagte er und stieg die steilen, engen Stufen zum Schlafzimmer hinauf. «Wenn ich einen von euch auch nur quieken höre, kriegt ihr meinen Gürtel zu spüren.»

Sobald ihr Vater verschwunden war, humpelte Clem zu den Jungen hinüber.

«Wie geht's ihm?», fragte sie und hockte sich neben Billy.

«Wird schon», antwortete Pete.

«Ich hab was für dich, Kleiner», sagte sie. Und sie griff in die tiefen Taschen ihrer Schürze und zog ein paar Ingwerkekse hervor. «Die magst du bestimmt, oder?»

Billy hatte noch nie Ingwerkekse gegessen, und ihr Anblick und Geruch waren verführerisch. Doch er schüttelte den Kopf. «Ich will nach Hause», jammerte er.

«Iss 'nen Keks. Komm, dann geht's dir besser», drängte Clem ihn. «Ich hab auch noch welche für euch», sagte sie und leerte ihre Taschen.

«Oh, danke, Clem», sagte Pete. «Das ist echt nett von –»

«Psst!», sagte sie warnend. Dann stand sie auf, umklammerte mit beiden Händen das Geländer und erklomm die Stufen zum Schlafzimmer.

Pete, Dick und Harry aßen wortlos ihre Kekse. Dann beugten sie sich vor und leckten die Krümel vom Boden auf, ohne sich darum zu kümmern, dass zu ihrem Mahl noch Schmutz und Asche hinzukamen.

«Willst du deinen nich'?», fragte Dick und stierte hungrig auf Billys Keks.

«Nee.»

«Gut. Dann gib her.» Dick grapschte sich den Ingwerkeks und wollte ihn sich gerade in den Mund schieben, als er von Pete eine Ohrfeige bekam.

«Wofür war das denn?», jammerte Dick gekränkt.

«Du weißt genau, wofür», zischte Pete.

«Oh, na gut.» Und mit beschämtem Gesicht brach Dick den Keks in drei Teile und gab Pete und Harry je einen davon.

«Was wollen wir jetzt machen?», flüsterte er, nachdem sie näher ans Feuer gerückt waren und ihre nackten Füße und Hände wärmten.

«Lass uns Kreiseln spielen», schlug Harry vor.

«Nee, Murmeln.»

«Nee, Fangsteine.»

«Ja, Fangsteine!»

«Psst, nich' so laut, verflixt!», ermahnte sie Pete. «Weißt du, wie man Fangsteine spielt, Billy?»

«Ja», sagte Billy, der seinen Brüdern schon oft beim Spielen zugesehen hatte.

«Also gut, dann fang an», sagte Pete und zog fünf kleine Würfel aus Ton aus der Tasche.

«Nee, ich will nich'.»

«Ach, komm, Steppke, hat doch keinen Sinn, Trübsal zu blasen», sagte Dick, als Billy traurig ins Feuer starrte. «Du musst einfach das Beste draus machen, wie wir andern auch. Sieh's doch mal so, zumindest haste jetzt 'n Dach überm Kopf.»

«Aber ich hatte doch schon eins.»

«Na ja, dann haste jetzt eben noch eins. Los, fang an zu spielen.»

Billy nahm einen der Würfel, warf ihn in die Luft und versuchte ihn mit dem Handrücken aufzufangen, während er gleichzeitig einen zweiten Würfel nahm. Doch der erste Würfel fiel immer wieder herunter.

«Is' nich' grade 'n Talent, was?», murmelte Harry.

«Bei dem Tempo brauchen wir die ganze Nacht», seufzte Dick.

«Das kommt bloß, weil ich so müde bin», protestierte Billy.

«Ja, du siehst wirklich hundemüde aus, am besten gehst du schlafen, Steppke.»

Billy stand auf und begann die Treppe hinaufzusteigen.

«Nee, nicht da oben, du Dussel!», rief Pete. «Da oben gibt's bloß ein Zimmer und bloß ein Bett, und darin liegen die Bullocks», sagte er und zog Billy wieder die Treppe hinunter. «Wir schlafen alle hier unten. Und leg dich nich' ganz ans Feuer», fügte er hinzu, während er sich wieder dem Spiel zuwandte. «Ich, Dick und Harry haben schon die Plätze belegt.»

Billy rollte sich so dicht wie möglich in der Nähe des Feuers zusammen und zog die Knie bis zum Kinn hoch, um sich warm zu halten. Ohne Jem und Ned neben sich fühlte er sich einsam und fürchtete sich vor dem, was der Morgen bringen würde. Schornsteinfeger mit ihren Bürstentaschen auf dem Rücken waren ein übliches Bild in den Straßen von London, doch er hatte noch nie darüber nachgedacht, was sie taten und wie sie es taten.

Nach einer Weile wurde den Jungen das Spiel langweilig. Sie streckten sich vor dem Feuer aus, um zu schlafen. Doch Billy war zu nervös, um einzuschlafen.

«Dick», flüsterte er und tickte den Jungen neben sich an. «Muss ich morgen früh in so 'nen Schornstein rauf?»

«Ja, klar.»

«Ist das 'n langer Weg?»

«'n ziemlich langer Weg.»

«Oh …» Billy dachte eine Weile darüber nach, dann stupste er Dick noch einmal.

«Was is' jetzt wieder?», wollte Dick wissen.

«Macht es Spaß, 'nen Schornstein raufzuklettern?»

«Spaß?», wiederholte der Junge ungläubig. «Harry», sagte er und stieß diesem in den Rücken, «Billy will wissen, ob es Spaß macht, 'nen Schornstein raufzuklettern.»

«Na klar, das is' die reinste Freude», schnaubte Harry.

«Erzähl ihm mal, was dir passiert is'.»

«Nee, das will er bestimmt nich' hören …»

«Jetzt mach», drängte ihn Dick.

Harry setzte sich hin, zog die Knie ans Kinn, schlang die Arme darum und beugte sich näher ans Feuer, um die letzten Wärmestrahlen der verlöschenden Glut zu erhaschen.

«Das is' schon Jahre her, als ich noch ein kleines Kind war», sagte er. «Ich war schon 'n paar Mal im Schornstein gewesen, und alles war bestens gelaufen. Ehrlich gesagt fand ich, es wär alles die reinste Lachnummer.»

Dick starrte ihn ungläubig an. «Das is 'n Witz, oder?», sagte er.

«Jedenfalls», fuhr Harry unbeirrt fort, «musste ich in ein Haus in –»

«Da warste doch schon bei Mr B, oder?», fragte Dick.

«Also, wenn du mich ständig unterbrichst …»

«Schon gut, schon gut, brauchst nich' gleich zickig zu werden.»

«Wie gesagt», fuhr Harry mit einem Blick auf Dick fort, «musste ich zu diesem Haus, das in Swiss Cottage lag – das is' draußen aufm Land», erklärte er Billy, der aufmerksam zuhörte, «so ungefähr hundert Meilen von hier. Da wohnte ein Typ mit 'n paar Dienstboten. Der war so alt …», er verdrehte die Augen, «… so alt, dass jedes Mal, wenn er sich bewegte, 'n Knochen runterfiel. Ehrlich», sagte er, als Dick lachte. «Du brauchtest den nur anzugucken, da fing er schon an zu schrumpeln. Also heizten sie sein Haus richtig ein. Puh!» Er stieß die Luft zwischen den Zähnen aus. «Da war's so heiß wie in der Hölle, weil Tag und Nacht die Feuer brannten. Die hatten sie erst kurz bevor wir kamen gelöscht. 'türlich ham sie geschworen, dass sie schon Ewigkeiten aus waren, aber –», seufzte er, «mit denen konnte man sich nicht streiten. Mr B sagte: ‹Los, Harry, rauf mit dir.› Also kletterte ich in so 'nen Schornstein und …»

Seine Stimme verebbte.

«Und wie war's?», drängte Dick weiter.

«Ich kam nur 'n Stück weit rauf. Die Steine warn glühend heiß. So heiß, dass sie …»

Erneut brach er ab.

«Zeig Billy, was sie mit dir gemacht haben.»

Langsam zog Harry sein Hemd hoch.

«Mann!», keuchte Billy. Auf dem Rücken des Jungen hatte sich die Haut zu einer Masse hässlicher, roter Wirbel gekräuselt.

«Meine Hände sehn genauso aus», sagte Harry und zeigte Billy seine Handflächen. «Und die Unterseite meiner Füße.»

«Bist du ganz verbrannt?», flüsterte Billy.

«'türlich nicht, du Dussel, sonst wär ich ja jetzt nich' hier, oder? Ich weiß noch, wie ich den Schornstein runtergefallen bin und geschrien hab, dass die Toten fast davon aufgewacht wären und dass eins der Dienstmädchen mir einen Eimer Wasser übergegossen hat und …» Er zuckte die Schultern. «Dann weiß ich nichts mehr. Mr B hat mich hierher getragen, und seine Frau hat mich in 'n Laken gewickelt, und sie hat gesagt, ich wär beinah verreckt. Clem hat nur geweint und mich immer umarmt – das tat weh.» Er zog eine Grimasse. «Aber das war mir egal, weil ich wusste, dass sie's gut meinte. Und als Mr B mich rausschmeißen wollte, weil er mich nich' mehr gebrauchen konnte, hat sie's nich' zugelassen.»

«Clem is' 'ne tolle Braut», sagte Pete, der zugehört hatte.
Harry und Dick stießen sich an und kicherten.

«Is' Clem auch schon in 'nen Schornstein geklettert?», wollte Billy wissen.

«Spinnst du, Mädchen sind doch keine Schornsteinfeger», sagte Pete. «Auf jeden Fall würde Mr B sie nie so was machen lassen. Wie 'n Augapfel is' die für ihn.»

«Und für Pete», murmelte Dick. Und er und Harry fingen wieder an zu kichern.

«Haltet die Klappe, ihr beiden», grollte Pete und funkelte sie wütend an.

«Erzähl Billy doch mal, wie *du* zum ersten Mal in 'nen Schornstein gestiegen bist», sagte Dick.

«Na ja ...» Pete lehnte sich zurück und verschränkte die Arme. «Ich kam ganz gut rauf bis zur Mitte, dann rutschte ich ab. Ich konnte nich' anhalten und rutschte und rutschte. Das Problem war, dass ich mir so viel Haut dabei abriss, dass ich aussah wie 'n Stück rohes Fleisch, als ich unten ankam. Mr B meinte, er hätte Lust gehabt, mich zum Abendessen in'n Ofen zu stecken.»

Dick und Harry lachten anerkennend, obwohl sie die Geschichte – und den Witz – schon viele Male gehört hatten.

«Mein Bruder hatte nich' so viel Glück», fuhr Pete fort, und sein Gesichtsausdruck wurde plötzlich traurig. «Joe fiel runter und brach sich den Hals. Er war grade so alt wie du, Billy», sagte er und legte die Hand auf die Schulter des kleinen Jungen, «und er sah genauso aus wie du, wie dir ausm Gesicht geschnitten. Als ich dich vorhin zum ersten Mal sah, dachte ich, *Mann, das is' doch Joe.*»

«Wisst ihr noch – Tim?», sagte Dick und passte sich Petes düsterer Stimmung an. «Der blieb im Schornstein stecken und konnte nich' mehr runter.»

«Und Will kriegte 'ne Ladung Ruß in die Lunge und is' fast erstickt», sagte Harry.

«Und Fred …»

«Ruhe da unten!», brüllte Mr Bullock die Treppe herunter. «Wenn ich noch ein Wort von euch höre, dann werdet ihr's bereuen.»

Billy verkroch sich in eine dunkle Ecke, vergrub das Gesicht in seinen Händen und begann zu schluchzen.

«Himmel nochmal, so kriegen wir heute Nacht gar keinen Schlaf», beschwerte sich Dick. «Was is'n jetzt wieder mit ihm?»

«Keine Ahnung. Was is' los, Steppke?», fragte Pete. «Haste Bauchweh oder so was?»

«Ich will kein Schornsteinfeger sein», weinte der kleine Junge. «Ich will nach Hause zu meiner Mama.»

·· 5 ··

Die Perkinskis hielten Kriegsrat. Brüder, Schwestern, Onkel, Tanten, Cousins und Cousinen waren auf Pas dringende Bitte aus ganz London gekommen und bevölkerten nun den kleinen Hof am Ende von Devil's Acre, wo sie ihm mit gespannter Aufmerksamkeit zuhörten.

Bei der Neuigkeit von Billys Entführung wurden Schreie des Abscheus und der Empörung laut.

«Er war gerade mit Jem und Ned bei der Arbeit. Aber es is' nich' ihre Schuld, dass er mitgeschnackt wurde», sagte Pa, als die Jungen beschämt die Köpfe hängen ließen. «Es herrschte die reinste Erbsensuppe, und sie hatten sich verlaufen. Es war einfach Pech, dass sie gerade nach St Giles reinstiefelten.»

«St Giles?» Entsetzt schnappten manche nach Luft.

«Wie is' das passiert?», fragte Onkel Sid.

«Na ja, wir sind diese Gasse runtergegangen», erklärte Jem, «und konnten einfach nichts sehn, noch nicht mal meine eigene Nase konnt' ich sehn, aber wir hörten alle möglichen Geräusche, Grunzen und Knurren, so wie von massenhaft wilden Tieren –»

«Davon hab ich aber nichts gehört», sagte Ned.

«Auf jeden Fall», fuhr Jem fort und überging die Unterbrechung, «sind wir weitergegangen, und plötzlich springt mich dieses riesige, haarige Monster an. Es war schrecklich: Aus seinem Maul kam Feuer, und von seinen Fängen tropfte das Blut, und seine Haut war ganz klumpig und grün, als hätte sich wer drüber übergeben, und –»

«Pa, er erzählt schon wieder seine Lügenmärchen», protestierte Kate.

«Ja, das stimmt», sagte Ned. «Es war bloß 'ne Katze. Und die is' ihn nich' angesprungen, er is' drüber gestolpert.»

«Lass das nach, Jem», sagte sein Vater verärgert. «Deine Ma verliert schon so fast den Verstand vor Sorge und kann deine Geschichten nich' gebrauchen. Noch ein erfundenes Wort, und das Blut tropft von *deinen* Fängen, und zwar wegen meiner Faust in deinem Gesicht.»

«Ehrlich gesagt wissen wir nicht, wie es passiert is', Pa», sagte Ned. «Im einen Moment war Billy noch da und jammerte wie immer, dass er friert und Hunger hat und nach Hause will, und im nächsten Augenblick ist er weg, hat sich einfach in Luft aufgelöst. Wir haben ihn gesucht, aber wir konnten ihn nich' finden. Der Nebel war so dicht, wir dachten schon, wir müssen die ganze Nacht in St Giles bleiben ...» Bei dieser Bemerkung schnappten noch mehr entsetzt nach Luft. «Aber dann sind wir mit 'n paar anständigen Typen zusammengestoßen», fuhr Ned fort, «und denen haben wir gesagt, dass wir uns verlaufen haben, und dann haben die uns hergebracht.»

«Hat mir 'nen schlimmen Schreck versetzt, ehrlich», sagte Ma. «Keine Sekunde hab ich seitdem geschlafen.»

«Nimm's nich' so schwer, Süße», sagte Cousine Annie und legte ihr tröstend den Arm um die Schultern. «Wir finden den Steppke schon.»

«Aber wie?», jammerte Ma.

«Ich schätze, wir sollten der Polizei Bescheid sagen», meinte Onkel Percys Sohn Bob.

Bei dieser Bemerkung verstummten sämtliche Perkinskis und starrten den Jungen an, als würde er den abscheulichsten Gestank abgeben.

«*Was* hat er gesagt?», fragte Pa Onkel Percy, weil er seinen Ohren nicht traute.

«Tut mir leid, Bert», antwortete sein Bruder und ließ beschämt den Kopf hängen. «Seine Ma und ich ham versucht, ihn ordentlich zu erziehn, aber manche Kinder schlagen einfach aus der Art. Was solln wir machen?» Und er hob mit hilfloser Geste die Hände.

«Mach dir keine Vorwürfe, Percy», sagte Pa. «Es war 'n Versprecher, stimmt's, mein Junge?», wandte er sich an Bob. «Ein Ausrutscher.»

Der Junge, der mittlerweile krebsrot angelaufen war, murmelte eine Entschuldigung, dass er nicht wüsste, was ihn da überkommen hätte, und er versprach, nie wieder etwas so Dummes zu sagen.

«Also, was können wir tun, um dir zu helfen, Onkel Bert?», fragte Bobs älterer Bruder Sam, der sich einen Tag vom Pferdestehlen freigenommen hatte, als ihn Pas dringende Nachricht erreichte.

«Ich möchte, dass ihre alle eure Ohren aufstellt und eure Augäpfel rotieren lasst», sagte Pa. «Irgendwer muss ja wissen, wo Billy is'.»

«Wir werden dir helfen, wo wir nur können, Bert», versicherte Onkel Arthur seinem Bruder. «Brauchst es nur zu sagen.»

«Das is' wirklich großzügig von dir, Arthur», sagte Pa.

«Ehrlich gesagt», quiekte Cousine Jenny dazwischen, «frage ich mich ja, ob der Terror vielleicht Bi...»

«Halt den Rand!», knurrte ihr Mann. «Du weißt doch, dass es schon Unglück bringt, wenn man den Namen dieser Bestie bloß ausspricht.»

«Wenn ihr mich fragt, dann hat man Billy wegen Geld geraubt», sagte Cousine Maud. «Die werden bestimmt von dir Lösegeld fordern, pass mal auf.»

«Nee», schüttelte Pa den Kopf. «Billy is' nichts wert – für niemanden außer uns, mein ich natürlich.»

«Aber falls Maud doch Recht hat, dann haste hier schon mal was», sagte Onkel Bert. Damit nahm er Pa den Hut vom Kopf, legte ihn offen auf den Tisch und warf eine Münze hinein. «Lass mich wissen, wenn du mehr brauchst, Bert», sagte er beim Weggehen. Alle anderen Perkinskis folgten seinem Beispiel und murmelten tröstende Worte, bevor sie davongingen.

Pa wartete, bis das letzte «Wiedersehn» und «Viel Glück» durch die Nachtluft geflogen waren und nahm dann den Hut.

«Wie viel haben wir, Pa?», fragte Jem.

«Muss ziemlich viel sein», meinte Ned. «Das warn vierzig Leute …»

«Vierundvierzig», verbesserte Kate ihn.

«Also, wenn die alle Sixpence reingeworfen haben …» Pa begann mit Hilfe seiner Finger zu rechnen.

«Dann haben wir zweiundzwanzig Shilling», sagte Kate.

«Na, es is' schön, zu wissen, dass man so 'ne großzügige Familie hat», sagte Pa. «Auch wenn ich nicht weiß, ob das hier reicht, um unseren Billy zurückzukriegen», fügte er hinzu und blickte traurig auf den Haufen silberner Münzen auf dem Tisch.

Bei diesen Worten bedeckte Ma Perkinski ihr Gesicht mit dem Schal und wiegte sich stöhnend hin und her.

«Billy geht's gut, Ma, wirst schon sehen», sagte Jem. «Wir finden ihn.»

«Nee, das werdet ihr nich'», sagte Pa. «Ich will nich', dass du und Ned irgendwas Dummes anstellt. Hast du gehört, was ich gesagt hab?»

«Aber Pa …»

«Ich sage, hast du gehört, was ich gesagt hab?»

«Ja, ich hab's gehört», sagte Jem und senkte den Blick.

«Das is' 'ne Männerangelegenheit, das is' gefährlich. Überlasst das euren Onkels und mir. Früher oder später kriegen wir Billy schon wieder.»

·· 6 ··

Billy lag lange Zeit wach und versuchte sich eine Möglichkeit zur Flucht auszudenken, doch alle Türen und Fenster waren fest verschlossen, und so fiel er schließlich doch in einen tiefen Schlaf. Er träumte, dass er wieder zu Hause war und zwischen seinen Brüdern zusammengerollt auf der Matratze in ihrem Wohnwagen in Devil's Acre lag, wo er sich kratzte, wenn ein Floh oder eine Wanze ihn biss.

Etwa eine Stunde vor Sonnenaufgang wachte er unter einer Bettdecke aus Jungenkörpern auf.

«Schieb rüber, Ned», sagte er und drückte den Jungen neben sich weg. «Runter da, Jem», knurrte er und trat den Jungen auf der anderen Seite.

Murmeln und Knurren ertönte, doch keiner der Jungen rührte sich.

«Oh, macht schon», sagte Billy verärgert, «seid ihr taub?» Und er setzte sich auf.

Das Feuer war ausgegangen, und das Haus war bitterkalt. Der kleine Junge blickte sich in der Finsternis um und versuchte herauszufinden, wo er war. Es war der Geruch, der ihn verwirrte. Der Wohnwagen seiner Eltern roch ziemlich streng. Ma hatte weder die Zeit noch die Kraft, ihn zu säubern, da sie von frühmorgens bis spätabends unterwegs war, um ein paar Pennys zu verdienen, und der

Schmutz, das Fett und der Schweiß, die sich über die Jahre ansammelten, hatten ihm seinen besonderen Geruch verliehen. Doch der Geruch in Billys Nase an diesem Morgen war anders. Er hatte eine scharfe, saure Eigenschaft, die in seinen Augen und in seiner Kehle brannte.

Er drehte sich zur Seite, um etwas zu dem Jungen dort zu sagen … doch es war nicht Jem, der immer mit seinem Hut auf dem Kopf schlief, und auch nicht Ned, dessen schmutzigen Haare wie bei einem Stachelschwein abstanden. Es waren fremde Jungen, deren Kleidung mit schwarzem, faul riechendem Schmutz bedeckt war …

«Oh nein!», keuchte er, als ihm plötzlich dämmerte, wo er war. «Ma!», rief er und brach in Tränen aus. «Ma!»

«Was is' mit dir los?» Pete rollte rüber und rieb sich schläfrig die Augen. «Wieso heulst du schon wieder?»

«Ich will nich' … ich will nicht … ich will nich' in 'nen Schornstein klettern», schluchzte Billy.

«Das wirste aber müssen, Steppke. Mr B zwingt dich dazu.»

«Dann lauf ich weg. Ich werd …»

«Nee.» Pete schüttelte den Kopf. «Das hat keinen Sinn. Mr B oder einer von seinen Kumpels fängt dich, bevor du nur fünfzig Schritte gekommen bist, und dann prügelt er dich grün und blau. Nee, bleib mal lieber hier und tu, was er sagt.»

«Aber mein Pa wird nach mir suchen», rief Billy. «Und meine Brüder und meine …»

«Spinnst du?», spottete Pete. «Das hier is' St Giles. Noch nicht mal die Polente kommt hierher. Wenn dein Pa und deine Brüder hier rumschnüffeln, liegen die schneller mit aufgeschlitztem Bauch auf der Straße, als sie Piep sagen können. Keiner wird dich hören oder sich drum scheren. Hier werden jeden Tag massenhaft Leute ermordet – Verdammt, was is' das denn so früh am Morgen?», rief er, als laut und ausdauernd an die Haustür geklopft wurde.

Billys Herz machte einen Satz. «Das is' mein Pa!», rief er. «Ich hab dir ja gesagt, dass er kommt. Ich hab's dir gesagt, ich –»

«Haltet diesem Gör den Schnabel zu!», knurrte Mr Bullock, der in Nachthemd und Schlafmütze die Treppe herunterpolterte, in der Hand einen dicken Knüppel. «Versteck ihn unterm Tisch, Pete, und wenn er auch nur einen Pieps macht –» Er drohte Billy mit dem Knüppel. «Dick, du versteckst dich hinter der Tür und rührst dich nich', bevor ich's dir sage. Also, Harry ...» Er nickte dem Jungen zu.

Harry öffnete die Tür einen Spalt. Doch schon im nächsten Augenblick flog sie auf und warf ihn um. Ein stämmiger Mann stürmte herein und beschwerte sich lautstark über selbstsüchtige Leute, die in ihren warmen Betten lägen und anständige Menschen wie ihn stundenlang auf der eiskalten Türschwelle warten ließen.

«Gerry», sagte Mr Bullock und senkte den Knüppel, «was treibst du denn in St Giles?»

«Nun ja ...» Der Mann hörte auf zu wettern, nahm seinen Hut ab, legte ihn sich feierlich auf die Brust und sagte: «Ich bin hier wegen unserer armen lieben Mutter. Es is' meine schmerzliche Pflicht, dich darüber zu informieren, George, dass sie ihre sterbliche Hülle abgelegt hat.»

«Sie hat *was* gemacht?»

«Sie is' abgenippelt.»

«Ah», sagte Mr Bullock. «Ihr Herz, was?»

«Nee, 'ne Auster. Sie muss sich den Magen verdorben haben, George, weil, nachdem sie sie gegessen hat, hat sie gesagt: ‹Mann, mein Bauch tut ganz schön weh›, und dann» – eine Träne kullerte ihm die Wange hinab – «hat sie den Löffel abgegeben.»

«Gott sei ihrer Seele gnädig», sagte Mr Bullock, zog sich die Schlafmütze herunter und senkte andächtig den Kopf. «Wie viel hat sie mir hinterlassen?»

«Fünf Pfund und 'nen Stuhl – aber um ehrlich zu sein, der Stuhl is' nicht grade in bester Verfassung. Hat bloß drei Beine.»

«Und was hat sie dir hinterlassen, Gerry?», fragte Mrs Bullock, die heruntergekommen war, als sie die Stimme ihres Schwagers an der Tür erkannt hatte.

«Nur 'n paar Pfund, Flo, und 'nen Stuhl.»

«Und wie viele Beine hat *dein* Stuhl?»

Der Mann trat unbehaglich von einem Fuß auf den anderen und vermied ihren Blick, so gut es ging. «Na ja, um ehrlich zu sein, Flo, um ganz ehrlich zu sein …»

«Na?» Mrs Bullock verschränkte die Arme.

«Er hat vier.»

«Das hab ich mir gedacht», sagte sie beleidigt. «Mein armer George muss sich ja immer mit dem Zweitbesten begnügen. Du warst ihr Liebling, Gerry. Immer hat sie 'n großes Theater um dich gemacht. Hat dich total verzogen.»

«Sprich nich' schlecht von den Toten, Flo», murmelte ihr Ehemann. «Wann begrabt ihr sie, Gerry?»

«Übermorgen.»

«Dann müssen wir los, wir brauchen fast zwei Tage bis nach Guildford. Pete», er wandte sich an den Jungen, «du und die Jungs geht raus auf die Straße und verdient 'n bisschen Geld, während ich weg bin. Und kommt nich' mit leeren Händen zurück, verstanden? Ich stopfe schließlich nich' gutes Essen in Kinderbäuche, die nichts verdienen. Ich weiß, Flo, du als Frau mit 'ner Erziehung und anständigem Benehmen würdest gern mitkommen, um der lieben Verstorbenen deinen Respekt zu erweisen», sagte er zu seiner Frau. «Aber ich glaube, meine Mutter – möge sie in Frieden ruhen – würde mir zustimmen, dass es wichtiger is', wenn du hier bleibst und 'n Auge auf den kleinen Mistkerl da hast.» Er deutete auf Billy, der immer noch unter dem Tisch hockte. «Falls er abhauen will.»

«Mach dir keine Sorgen, Mr Bullock», sagte sie und funkelte Billy an. «Clem und ich werden ihn Tag und Nacht bewachen.»

7

Pa und seine Brüder, Cousins, Freunde und Nachbarn machten sich jeden Morgen bei Tagesanbruch auf die Suche nach Billy, doch obwohl sie London von einem Ende zum anderen durchkämmten und abends müde und niedergeschlagen nach Hause trotteten, konnten sie ihn nicht finden.

«Wir haben in St Giles angefangen», sagte Pa. «Na, jetzt werd nicht gleich hektisch, Liza», fügte er hinzu, als Ma erschreckt zusammenfuhr. «Wir waren mehr als vierzig Leute, also konnten die uns nix, auch wenn wir viele fiese Blicke kassierten und noch anderes. 'türlich hatte keiner jemals was von Billy gesehen oder gehört, und wenn man denen glauben wollte, dann is' noch nie jemand in St Giles mitgeschnackt worden. Arthur und ich sind einer Meinung, dass er vermutlich irgendwo anders hingebracht worden is' – man klaut ja auch nich' 'n Pferd und versteckt es dann in seinem eigenen Hof, verstehste? Also haben wir uns aufgeteilt und woanders gesucht. Eine Frau hat mir erzählt, sie hätte 'n Kind wie Billy in einer Suppenküche bei Whitechapel gesehn, dann meinte 'n Typ, er hätt' Billy im Nachtasyl in Battersea getroffen, dann hatte ihn jemand in Covent Garden gesehn, wo er 'nen Straßenkarren schob ...» Pa seufzte und massierte sich die schmerzenden Füße, «aber nie war's Billy. Ehrlich gesagt, so langsam glaub ich …»

«Nee, sprich das nich' aus, Bert», sagte seine Frau und umklammerte seinen Arm. «Du darfst es noch nich' mal denken. Billy lebt, das weiß ich. Ihr müsst weitersuchen.»

«Klar machen wir das, Schätzchen, klar machen wir das», sagte Pa und tätschelte tröstend ihre Hand. Doch sein Gesichtsausdruck war düster.

·· 8 ··

«Du kannst dich mal 'n bisschen nützlich machen, Billy», sagte Mrs Bullock und reichte ihm einen Besen. «Geh nach oben und feg das Schlafzimmer aus. Und zwar gründlich, hörst du! Unter dem Bett und hinter der Tür. Wenn ich noch irgendwo Staub finde, auch den kleinsten Flusen, dann gibt's kein Abendessen für dich.»

«Und was kann ich tun, Mama?», fragte Clem.

«Du kannst mir helfen, Petes Hosen zu flicken, mein Häschen. Sieh sie dir mal an, voller Risse. Manchmal glaub ich, er rutscht aufm Hosenboden über die Straße ... Lass den Besen nich' auf jede Stufe poltern, Billy», schimpfte sie, als er die steile Treppe erklomm. «Heb ihn hoch.»

Billy hatte noch nie zuvor ein Schlafzimmer gesehen, jedenfalls kein richtiges mit einem Bett und einer Kleiderstange und Bildern an den Wänden und Vorhängen vor den Fenstern ... ein Fenster! Schnell eilte er hinüber und fummelte an dem Riegel herum, doch Mrs Bullock musste ihn gehört haben, denn sie rief: «Komm da weg, du kleiner Mistkerl, das is' sowieso abgeschlossen. Außerdem würdst du dir den Hals brechen, wenn du da runterspringst.»

Seufzend wandte sich Billy vom Fenster ab. Und weil er nichts Besseres zu tun hatte – denn er hatte keine Ahnung, wie man ein Zimmer ausfegte, und wollte es auch gar nicht lernen –, betrachtete er die Bilder an der Wand, die außerordentlich langweilig waren, und untersuchte die Kleidungsstücke an der Stange, welche den Sonntagsstaat der Familie darstellten: Mr Bullocks Anzug, Mrs Bullocks Schal und Hut und Clems Kleid und Unterhosen.

«Billy, arbeitest du auch?», rief Mrs Bullock.

«Klar arbeite ich», rief er zurück, nahm den Besen zur Hand und klopfte damit auf den Fußboden.

«Hast du schon unterm Bett gefegt?»

«Mach ich grade.»

Er blickte sehnsüchtig zum Bett. Es war ein richtiges Bett mit einer dicken Matratze und einem Kissen aus Gänsefedern – und kein Strohhaufen, den man mit einem schmutzigen Tuch bedeckt hatte, wie Billy ihn sich mit Jem und Ned im Wohnwagen seiner Eltern teilte. Es sah so einladend aus, dass der kleine Junge nicht widerstehen konnte und hineinkletterte. Nur für eine Minute, natürlich. Nur um mal zu sehen, wie es sich anfühlte …

9

«Wir müssen was tun, Ned», sagte Jem. «Wir müssen Billy finden.»

«Aber wir können nich'. Du hast es Pa versprochen.»

«Hab ich nicht.»

«Hast du wohl. Er hat gesagt, er will nich', dass du was unternimmst, und du hast ja gesagt.»

«Hab ich nich'. Er hat mich gefragt, ob ich gehört hab, was er sagt, und dazu hab ich ja gesagt … Hör mal, Pa is' total fertig», sprach er schnell weiter, bevor Ned den Fehler in seiner Argumentation aufzeigen konnte. «Er hat sich schon die Latschen abgelaufen auf der Suche nach Billy. Und wenn du zu hosenschissig bist, um mir beim Suchen zu helfen, dann geh ich eben allein.»

«Ich bin nich' hosenschissig», rief Ned wütend.

«Also kommste mit?»

«Na ja, ich …»

«Gut. Lass uns zu Gran gehen.»

«Nee, Gran kann nich' mitkommen. Da geht ja jede Schnecke schneller.»

«Sie soll ja auch nich' mitkommen, du Nulpe!»

«Was wolln wir denn dann bei ihr?»

«Sie is' doch 'ne Hexe, stimmt's? Sie kann alle möglichen Zaubertricks – zum Beispiel sehen, wo Billy steckt.»

«Ach ja?», höhnte Ned. «Wenn sie 'ne Hexe is', wieso hat sie dann zugelassen, dass der olle Ramsbottom ihre Perlenbrosche mitgehen lässt?»

«Was meinste denn damit?», fragte Jem stirnrunzelnd.

«Wenn sie 'ne Hexe ist, dann musste sie doch wissen, was er vorhat. Sie hätte doch wissen müssen, dass er sie beklauen wollte.»

«Oh. Oh, na ja … äh … na ja, das wusste sie auch, aber er hat ihr eine verpasst, darum konnte sie nix dagegen machen.»

«Das wusste ich ja gar nich'», protestierte Ned.

«Klar wusstest du das nich'. Aber ich», sagte Jem und blinzelte ihm gerissen zu. «Ich weiß eben alles.»

«Ich hab eurem Vater schon meine Dienste angeboten, aber er hat gesagt, ich wär 'ne dumme alte Hexe und er würde nich' an meinen Hokuspokus glauben», sagte die alte Frau beleidigt. «Und du auch nich', stimmt's, Ned?» Sie funkelte ihn an. «Ich weiß genau, was du zu deinem Bruder über mich gesagt hast.»

Ned schluckte hart, als ihm einfiel, wie er über seine Großmutter gespottet hatte. «Mann», flüsterte er Jem ins Ohr, «woher weiß sie denn, was ich gesagt hab?»

«Hab dir doch gesagt, dass sie 'ne Hexe is'.»

«Ich bin keine Hexe», sagte Gran. «Ich bin 'ne Seherin. Ich kann Dinge sehn, die weit, weit weg sind. Und ich kann durch Wände und Türen hindurchsehn.»

«Wie machste denn das?»

«Das tu ich mit Hilfe meiner Geister, der Seelen der Verstorbenen. Die kommen zu mir, wenn ich sie rufe.»

«Könntest du sie jetzt mal rufen, Gran, und sie fragen, wo Billy is'?»

«Nee, das muss ich abends machen, wenn's dunkel is'.»

«Na gut, dann kommen wir heute Abend wieder.»

«Nee, heute Abend kommt 'n wichtiger Kunde.»

«Aber Gran …»

«Jem, ich muss Geld verdienen. Von frischer Luft kann ich nich' leben.»

«Aber Gran …»

«Kommt morgen Abend, wenn's dunkel is'– und Jem», sie hielt ihn am Arm fest, als er sich gerade zum Gehen wandte, «erzähl's keinem, besonders nich' deinem Pa. Der lacht bloß, und dann werden die Geister sauer. Und wenn die sauer sind, dann können sie ziemlich fies werden.»

·· 10 ··

Billy erging es während Mr Bullocks Abwesenheit in dem gemütlichen kleinen Haus in St Giles recht gut. Er hatte einen warmen Schlafplatz vor dem Feuer, bis es verlöschte, und zum ersten Mal in seinem Leben gutes und reichliches Essen im Bauch. Dafür hatte er Clem zu danken, die ihm viele Brocken zusteckte, sobald ihre Mutter nicht hinsah. Bei einer besonderen Gelegenheit, als Mrs Bullock mit einer Nachbarin auf der Türschwelle plauderte, hatte ihm Clem sogar ein Stück Schweinepastete gegeben.

Von den Jungen sah er nur wenig. Mr Bullocks Warnung eingedenk, zogen sie bereits in der Morgendämmerung los und kehrten erst spätabends wieder zurück – erschöpft vom Stehlen und Betteln auf den Straßen, sodass sie nur noch über die Essensreste herfielen, die Mrs Bullock ihnen hinstellte, und sich dann für ein paar Stunden vor dem Feuer zusammenrollten.

In der fünften Nacht kehrte Mr Bullock zurück. Er war erschöpft von der Reise und schlecht gelaunt wegen seiner Erbschaft.

«Der Stuhl, den Mutter mir hinterlassen hat, hatte nur zwei Beine. Er konnte noch nich' mal stehen», beschwerte er sich bei seiner Frau, «und ich musste noch zwei Pfund für ihre Beerdigung beisteuern.»

«Mach dir nichts draus, Liebling, die Jungs haben's gut gemacht, während du weg warst.» Sie nickte den Lehrlingen zu, die sich zur Begrüßung des Meisters von ihrem Schlafplatz erhoben hatten. «Sie haben ganze drei Guinees verdient», sagte sie und legte das Geld in seine ausgestreckte Hand.

«Drei Guinees?» Mr Bullock war beeindruckt. «Jetzt willst du wohl keine Schornsteine mehr fegen, was, Pete?»

«Doch», sagte Pete nachdrücklich. «Ich habe die Nase voll vom Klauen. Das macht keinen Spaß. Die Leute machen's einem zu leicht.»

«Und was is' mit ihm?» Der Schornsteinfeger zeigte auf Billy, der sich unter dem Tisch versteckt hatte in der Hoffnung, Mr Bullock würde ihn nicht bemerken.

«Er war ganz brav, stimmt's, Clem?», sagte Mrs Bullock.

Billy starrte das Mädchen bestürzt an und fürchtete, Clem würde ihrem Vater von seinen Missetaten erzählen. Ohne Clems Einschreiten hätte ihre Mutter ihn viele Male geschlagen, doch immer war das Mädchen da gewesen, um ihn zu retten, bevor Mrs Bullock etwas herausbekam: Sie fegte schnell den Boden, als sie ihn fest schlafend im Familienbett fand; sie wischte das Öl auf, als er die Lampe umgeworfen hatte; sie nahm geduldig ihren Platz am Ende der Schlange ein, nachdem er das kostbare Wasser verschüttet hatte, für das sie bereits stundenlang angestanden hatten; sie rettete das Nudelholz, das er ins Feuer geworfen hatte, weil er es für ein Holzscheit hielt …

Doch Clem lächelte süß, verschränkte die Finger hinter dem Rücken und sagte: «Ja, Mutter, Billy war brav wie ein Lamm.»

·· 11 ··

Als die Nacht kam, senkte sich dichter Nebel über die Stadt und sperrte Mond und Sterne aus. Jem und Ned huschten gebückt die Stufen von Grans Wohnwagen hinauf und klopften leise an die Tür.

Die alte Frau öffnete und spähte vorsichtig hinaus.

«Alles klar, keiner hat uns gesehn. Wir können uns ja selbst kaum sehn in dieser Erbsensuppe», flüsterte Jem.

Gran winkte sie herein, schloss die Tür und deutete auf einen kleinen Tisch, um den herum drei Hocker standen.

«Setzt euch da hin und fasst nichts an», sagte sie und schob Jems Hand weg, als er die Flaschen, Gläser und Töpfe mit farbigen Flüssigkeiten und übel riechenden Salben berühren wollte, die Regale, Simse und Winkel füllten.

«Was solln wir machen, Gran?», fragte er.

«Du sollst gar nichts machen, mein Junge, bloß still sitzen und den Mund halten, während ich meine Geister anrufe.»

«Wie sind denn diese Geister so?», fragte Ned nervös.

«Genau so wie die Lebenden – manche sind gut, und manche sind böse. Manche wollen mir helfen, aber andere ...» Die alte Frau schauderte. «Ich hoffe bloß, dass wir heute Abend keine von diesen anderen zu Besuch kriegen. Und jetzt werde ich die Kerze auspusten.»

«Nee, Gran!», rief Ned entsetzt. «Wir müssen doch wohl nich' im Dunkeln sitzen, oder?»

«Ich hab dir doch gesagt, dass es richtig dunkel sein muss, damit meine Geister kommen. Nich' ein bisschen Licht.» Und sie drückte den Docht der Kerze mit den Fingern aus, woraufhin der Wohnwagen in tiefe Dunkelheit getaucht wurde. «Gut, jetzt fassen wir uns alle an den Händen und lassen nicht mehr los, was auch passiert. Wir bilden einen magischen Kreis», sagte sie und ergriff die Hände der Jungen, «aber wenn einer ihn durchbricht, dann kommen die bösen Geister rein.»

«Mann, Ned!», knurrte Jem. «Du brauchst nicht so zu klammern. Du brichst mir ja die Finger.»

«Ruhe, ihr beiden! Ich muss mich jetzt in Trance versetzen.»

«Was is' Trance, Gran?»

«Das is' so wie schlafen, nur dass man dabei wach is'.»

«Aber wie kannst du schlafen –?»

«Herr im Himmel, Jem, jetzt halt den Rand und lass mich arbeiten», zischte die alte Frau. Und sie schloss die Augen und begann sich vor und zurück zu wiegen, wobei sie tief ein- und ausatmete.

«Gran! Gran!» Jem zog an ihrer Hand.

«Was is' jetzt wieder?»

«Woher wissen wir, wann die Geister da sind?»

«Sie klopfen. Ich stell ihnen Fragen, und sie klopfen ihre Antwort auf den Tisch.»

«Aber wie –?»

«Noch ein Wort, Jem, und du kannst Billy selber finden.»

«'tschuldigung, Gran. Ich sag nichts mehr, versprochen.»

Die alte Frau schloss erneut die Augen, und nach ein paar Minuten begann sie zu stöhnen – zuerst leise, dann lauter und immer lauter. Ned schloss fest die Augen und versuchte sich vorzustellen, dass er eine Million Meilen weit weg von diesem dunklen, unheimlichen Wohnwagen war, wo seine Großmutter sich vor und zurück wiegte und wie eine gequälte Seele stöhnte. Doch zu seinem Entsetzen begann sich der Tisch zu heben – erst wackelte er, als wäre er sich seines Tuns nicht ganz sicher, dann stieg er höher und höher, als würde ihn etwas gegen die Decke schieben.

«Ich krieg die Motten!», keuchte Jem.

«Das sind sie, die Geister, die sind ge... gekommen», stammelte Ned.

«Pssst!»

«Halt fest.» Ned umklammerte die Hand seines Bruders mit seiner schwitzenden. «Halt fest, sonst holen die uns.»

«Pssst!»

«Ist jemand hier?», rief Gran mit fremder, dunkler Stimme. «Ich kann jemanden bei mir spüren. Wenn jemand hier ist, klopfe er einmal.»

Jem sprang in die Höhe, und Ned ließ sich vor Schreck auf den Fußboden fallen, als ein lautes Klopfen ertönte.

«Danke, Geist!», rief Großmutter. «Wer bist du? Kenne ich dich? Klopfe einmal, wenn du ein Junge bist, zweimal, wenn du ein Mädchen bist.»

Sofort hörte man ein zweimaliges Klopfen.

«Danke, Geist. Klopfe einmal, wenn du ein –»

«Oh, hör endlich auf, Gran!», schallte Kates Stimme durch die Tür. «Ich kann nich' die ganze Nacht hier draußen stehn und klopfen.»

Der Tisch fiel polternd zu Boden.

«Was willst du, Kate?», fauchte die alte Frau.

«Ma will wissen, ob du die Jungs gesehn hast, weil das Abendbrot fertig is'.»

«Sag deiner Ma, ich hab sie gesehn, aber jetzt seh ich sie nich' mehr», antwortete Gran wahrheitsgemäß.

«Du kannst jetzt die Kerze anzünden, Jem. Meine Geister kommen nicht wieder», sagte sie, als Kate gegangen war.

«Aber du musst uns helfen, Gran, du musst.»

«Hat keinen Zweck, Junge. Dieses ganze Durcheinander hat sie verschreckt.»

«Bitte, Gran. Wir müssen Billy finden. Du musst uns helfen», bettelte Jem.

«Na gut, ich versuch's noch ein letztes Mal.» Sie stand auf, nahm eine Kiste vom Regal, holte vorsichtig eine glänzende Glaskugel heraus und stellte sie in die Mitte des Tisches auf ein Stück schwarzen Samt.

«Was is' das, Gran?»

«Eine Kristallkugel. Ich sehe da drin Dinge ... Fass sie nich' an, Jem. Wenn du deine dreckigen Pfoten da drüber schmierst, seh ich gar nichts mehr.»

«Was für Sachen siehst du denn da drin, Gran?»

«Manchmal seh ich Dinge, die schon passiert sind; manchmal Dinge, die jetzt grade passieren; manchmal Dinge, die noch passieren werden. Und manchmal geht alles durcheinander, sodass ich nich' mehr weiß, worum es geht.»

«Kann ich mal reingucken?», fragte Jem und spähte über ihre Schulter.

«Du wirst nichts sehen, weil du nich' die Gabe hast, so wie ich», sagte sie und schob ihn zurück auf seinen Hocker. «Damit wird man geboren, genau wie mit dem zweiten Gesicht oder – Oh!», sie beugte sich erregt vor und starrte angestrengt in die Kugel.

«Was? Was siehst du, Gran?»

«Da is' Billy», sie deutete auf die Kugel. «Ich seh ihn ganz deutlich. Da is' er.»

«Wo, wo?»

«Er is' weg.» Sie wischte hastig mit dem Samttuch über die Kugel. «Nee, da is' er wieder. Er is' in einer Karre mit 'n paar andern Kindern, wohl Schornsteinfeger, so wie die aussehn, und – Oh, Herr, steh uns bei!»

«Was?»

«Da kommt 'ne Masse Polente.»

«Haben sie ihn, haben die Billy?»

«Nee, er rennt weg … Ein Mann hat ihn jetzt, gut aussehender Typ – irgendwo hab ich den schon mal gesehn.» Die alte Frau lehnte sich stirnrunzelnd zurück. «Wo war das nur …?»

«Is' doch jetzt egal, Gran», rief Jem. «Was macht Billy?»

«Oh, der arme Wurm, jetzt is' er an 'nem grässlichen Ort. Da is' es kalt und dunkel … Und da kommt jemand … Atme nich' immer auf die Kugel, Jem, du machst sie ganz neblig, und ich kann nichts mehr sehn … Ja, da is' er, er kommt durch die Tür, aber ich kann sein Gesicht nich' sehn. Das is' komisch …»

«Was?»

«Die Kristallkugel is' ganz dunkel geworden, also ob sie mir nich' zeigen will, wer das is'.»

«Schüttel sie doch mal, Gran.»

«Nee, jetzt wird's wieder klarer. Ich kann den Mann sehen. Er dreht sich um. Er dreht sich um. Er – Oh mein Gott!», kreischte sie.

«Was? Was siehst du?»

«Das Gesicht! Das Gesicht!» Die alte Frau wandte sich ab und bedeckte die Augen mit zitternden Händen.

«Wer is' es denn?»

«Ich kann nich' … ich kann nich' hinsehn.»

«Gran …?»

«Es is' zu schrecklich.»

«Aber wer is' das?!» Jem war so außer sich, dass ihm

nichts anderes einfiel, als seine Großmutter an den Schultern zu packen, um die Antwort aus ihr herauszuschütteln. Er griff nach der Kristallkugel, aber sie schnappte sie ihm weg.

«Nein, sieh nich' rein», sagte sie und warf das Tuch darüber. «Davon kriegst du Albträume.»

«Aber wer war das, Gran, wen hast du gesehn?»

«Jim Rippen.»

«Jim …?»

«Den gefährlichsten Mann in ganz London», flüsterte die alte Frau und blickte ängstlich über die Schulter, als erwarte sie fast, ihn dort stehen zu sehen. «Man nennt ihn den Terror.»

«Den Terror?», rief Ned. «Jedes Mal, wenn wir was angestellt haben, sagt Ma, dass uns der Terror holen wird. Aber sie will uns nichts über ihn erzählen. Was is' das für 'n Kerl, Gran?»

«Ich sag dir, Junge, es gibt keinen schlimmeren Verbrecher in der ganzen Welt. Er und seine Helfer ziehen durch die Stadt und klauen kleine Kinder wie Billy von den Straßen. Dann lässt er sie hungern, damit sie hübsch dünn bleiben und in die Schornsteine klettern können, wo sie für ihn massenhaft Geld verdienen. Aber wenn sie dann zu groß geworden sind und er sie nich' mehr in die Schornsteine schicken kann, dann schlitzt er ihnen die Kehle auf und schmeißt sie in'n Fluss. Er hat schon Hunderte von Kindern umgebracht, heißt es. Und nich' bloß Kinder.»

«Und du glaubst, er hat Billy, Gran?»

Die Tränen traten der alten Frau in die Augen. «Ja, er hat den armen kleinen Billy. Da gibt's keinen Zweifel.»

«Dann müssen wir hin und ihn zurückholen.»

«Den kriegst du nich' wieder. Wenn der Terror dich einmal hat, bist du –» Gran zögerte.

«Du meinst, er is' …?» Jem zog einen Finger über seinen Hals.

Sie nickte. «Am besten vergisst du Billy, Junge.»

«Aber er is' doch noch nich' tot, oder, Gran?»

Sie schüttelte den Kopf. «Aber das wird er bald sein. Keiner kann dem Terror entkommen. Keiner.»

12

Im Morgengrauen erwachte Billy schreiend.

«Oh Mann, was is' 'n jetzt los?», knurrte Pete.

«Ich hab geträumt, ich war in 'nem Sch... Schornstein und ich hab g... gebrannt und ... und dann bin ich runtergefallen und hab mir meinen ...»

«Jetzt dreh nich' durch, Kleiner, das wird schon klappen, wart's ab. Du – Oh, aufgepasst, da kommt Mr B.» Petes Stimme senkte sich zu einem Flüstern, als der Schornsteinfeger, gefolgt von seiner Frau, die Treppe herunterpolterte. «Und hör auf zu heulen, verflixt», schimpfte er und rieb das tränenüberströmte Gesicht des Jungen mit seinem Jackenaufschlag. «Ich hab dir doch gesagt, dass er quengelige Kinder nich' ausstehen kann.»

«Steht auf, faule Bande», rief der Mann und trat Dick und Harry mit dem Fuß, damit sie aufwachten. «Macht das Feuer an.»

Gähnend und sich kratzend fegten die Jungen die Asche aus dem Rost und stapelten Papier, Hölzer und Kohlen übereinander. Während Mr Bullock den Wasserkessel aufsetzte, hängte seine Frau Speckscheiben von einem Balken über dem Feuer ab und schlug ein Dutzend Eier in die fettspritzende Pfanne.

«Da is' euer Essen», sagte sie zu den Jungen und stellte

eine Schüssel mit angegessenen Kartoffeln, der äußeren Haut einer Zwiebel, angetrockneten Kaldaunen und harten Klößen in kalter, geronnener Fettsauce auf den Boden.

«Esst schnell», knurrte Mr Bullock und schob sich selbst ein Stück frisches, knuspriges Brot in den Mund. «Heute haben wir 'n richtig großes Stück Arbeit: das Haus vom Herzog von Clarendon in Belgravia.»

Die Jungen stießen anerkennende Pfiffe aus und klatschten.

«Das bringt uns 'n paar Pennys ein», sagte Pete.

«Wo is'n Belgravia?», fragte Billy.

«Westlich, auf der anderen Seite vom Green Park. Da, wo all die Reichen wohnen.»

«Ich muss doch nich' bei diesem Herzog in den Schornstein rauf, oder?», fragte Billy mit leiser Stimme.

«Klar musst du. Damit du runterfallen kannst», sagte Dick. Und er und Harry prusteten los.

Billys Unterlippe begann zu zittern, aber Pete verpasste ihm einen Rippenstoß und einen drohenden Blick. «Also, Jungs, dann machen wir uns auf die Socken», sagte er, wischte sich den Mund an seinem verrußten Ärmel ab und setzte eine schmierige Mütze auf. «Alles greift sich 'n paar Säcke!»

Die Jungen stiegen eine Treppe in einen dunklen Keller hinab, wo sich schwarze, fettige Säcke, die man zum Wegtragen des Rußes benötigte, beinahe bis zur Decke stapelten. Billy kletterte mit so vielen Säcken die Treppe hinauf, wie er nur tragen konnte, und warf sie hinten auf einen Pferdekarren, der am Bordstein wartete, aber die Säcke waren schwer, und er stolperte einige Male und zerschrammte sich Hände und Knie.

Es war immer noch dunkel, doch der Nebel hatte sich verzogen, und der Tag versprach sonnig und klar zu werden. Billy stand neben dem Karren und blickte sich um. Er befand sich in einer typischen Straße der Rookeries. Mitten durch die Straße verlief der Abwasserkanal, verstopft mit Müll, Dung sowie toten Hunden, Katzen und Ratten, in denen die Maden herumwimmelten. Der Gestank war betäubend, doch Billy war so daran gewöhnt, dass er ihn kaum bemerkte. Über ihm hing aus jedem Fenster Wäsche und schmückte die Straße mit grauen Fahnen aus Hemden und Unterhosen und langer Unterwäsche, von denen die meisten so voller Risse und Löcher waren, dass man unmöglich sagen konnte, ob es Kleidungsstücke oder Putzlumpen waren.

Kleine Kinder, viele davon jünger als Billy, waren bereits auf den Beinen und suchten die Straße nach Zigarrenstummeln, Knöpfen, Schuhschnallen, Seil- oder Bandstücken ab – alles, was sie verkaufen konnten, um sich etwas Brot oder einen Becher Milch zu kaufen.

Als alle Säcke aufgeladen waren, hob Pete Billy in den Wagen.

«Alles klar, Jungs?», rief Mr Bullock.

«Alles bestens, Chef!»

«Na, dann hü, Dolly!»

Der Meister tippte leicht mit der Peitsche auf den Rücken des Pferdes. Als der Wagen anzog, bemerkte Billy, dass über der Tür des Hauses ein Besen angenagelt war, um anzuzeigen, dass hier eine Familie von Schornsteinfegern wohnte.

Im nächsten Moment wurde das Fenster oben geöffnet, und Clem erschien mit dem Rest des knusprigen Brotes in der Hand. Pete stand auf, streckte die Hände aus, und sie ließ es fallen. Pete fing das Brot mit breitem Grinsen und warf ihr eine Kusshand zu.

«Was machst du da?», rief der Schornsteinfeger über die Schulter zurück.

«Ich prüf nur die Säcke nach, Mr B.»

«Pete is' verknallt in Clem, war er schon immer», flüsterte Dick Billy ins Ohr. «Er will sie heiraten – wenn er größer is', natürlich. Ich schätze, Mr B und seine Frau wissen das, aber es stört sie nich', weil sie keinen eigenen Sohn haben. Wenn Mr B also mal den Löffel abgibt, dann übernimmt Pete das Geschäft. Der wird 'n guter Meister», er nickte anerkennend, «der beste. Nich' so wie der.» Er warf einen Blick zu Mr Bullock hinüber, der vor sich hin fluchte und mit der Peitsche nach den Gassenkindern schlug, die neben dem Wagen herliefen und um Geld bettelten.

Pete teilte das Brot in vier Teile, wobei er sich selbst ein etwas größeres Stück zuteilte.

«Weil ich der Anführer bin», erklärte er und fegte damit jeden Widerspruch vom Tisch. Dann erklärte er Billy mit erhobener Stimme, um das Knarren der hölzernen Räder auf dem harten Kopfsteinpflaster zu übertönen, was er zu tun hätte, wenn sie das Haus des Herzogs von Clarendon erreicht hatten.

«Du musst ganz nach oben in den Schornstein klettern. Dann nimmst du deine Bürste, so –», er nahm eine große runde Bürste mit einem langen Griff hervor, «und fegst damit auf dem Weg nach unten den ganzen Ruß ab. Aber das musst du schnell erledigen, weil die Leute uns immer zack-zack wieder loswerden wollen ... Vorsicht!», warnte er, als eine Frau ihren Nachttopf aus einem oberen Fenster auf die Straße leerte.

«Jetzt zum wichtigen Teil.» Pete legte den Arm um Billys Schulter und zog ihn näher zu sich heran. «Auf dem Weg nach unten musst du in alle Zimmer kucken und dir merken, was da drin ist, zum Beispiel Sachen aus Silber, damit wir sie später, wenn wir zurückkommen, gleich finden.»

Er blinzelte Billy wissend zu.

«Du meinst, wir kommen nochmal zurück und putzen sie?», fragte Billy, der oft zugesehen hatte, wenn Großmutter Perkinski auf ihren Ehering spuckte und ihn mit dem Ärmel polierte.

«Oh Mann, wo hast du eigentlich gelebt?», seufzte Pete. «Ich meine, wir kommen zurück und sacken das Zeug ein. Wir entwenden es ihnen», erklärte er, als Billy ihn verständnislos ansah. «Wir klauen es, reißen es uns unter den Nagel. 'türlich tun wir das nicht gleich, sonst würd's ja jeder merken. Nee, wir warten 'n paar Wochen, und dann kommen ich und die anderen Jungs mit Mr B zurück und packen alles ein. Diese Schornsteinfegernummer ist bloß 'ne Deckung.»

«Jem wär darin richtig gut», sagte Billy stolz. «Jem kann 'nem Esel den Schwanz klauen.»

«Wer is'n Jem?»

«Mein Bruder. Und ich hab noch 'nen Bruder, der Ned heißt, und 'ne Schwester und ...» Billys Augen füllten sich bei dem Gedanken an seine Familie mit Tränen.

«Jetzt fang bloß nich' wieder damit an», zischte Pete und presste Billy die Hand auf den zitternden Mund, um sein Geschrei zu dämpfen, «sonst bringst du uns alle in Schwierigkeiten.»

13

Billy kauerte hinten im Wagen des Schornsteinfegers und beobachtete, wie sich die Straßen von London langsam mit Leben füllten.

Betrunkene Männer und Frauen wankten von einem Laternenpfahl zum nächsten oder schnarchten lautstark in dunklen Torwegen, während die Obdachlosen in den Abfallhaufen nach etwas Essbarem suchten. Und überall waren Kinder, schmutziger und noch zerlumpter als Billy und die Lehrlinge, die bettelten oder nach Taschen Ausschau hielten, die sie erleichtern konnten.

Nach einer Weile endeten die einfachen, überfüllten Straßen der Slums, und Dolly trabte leicht über die großen Durchfahrtsstraßen der Hauptstadt. Rinder- und Schweineherden trotteten müde und hungrig nach ihrer langen Reise von abgelegenen Höfen zum Markt in Smithfields. Gänse und Truthähne gackerten verschreckt von all dem Lärm und Trubel neben ihnen her.

Viele Menschen waren bereits bei der Arbeit oder auf dem Weg dahin – Droschken auf der Suche nach einem frühen Fahrgast; Wäscherinnen mit Wäschekörben auf den Köpfen; Milchmänner, die unter dem Gewicht der Kannen an ihrem Schulterjoch schwankten; Mädchen mit schweren Körben voller Obst, Blumen und Kräutern;

Schneider, die zu den Tretmühlen in der Stadt eilten, wo sie vom frühen Morgen bis zum späten Abend ohne Pause arbeiteten. Und an jeder Straßenecke stand ein Mann oder ein Junge und forderte mit dem Ruf *«Times!»*, *«Chron!»* oder *«Herald!»* zum Kauf einer Zeitung auf.

Langsam ließen die Jungen die laute Arbeitswelt hinter sich und erreichten Belgravia, eines der hübschesten Viertel Londons, wo alles friedlich war. Hohe, elegante Häuser mit eindrucksvollen Haustüren und glänzenden Erkerfenstern blickten auf die begrünten Squares, wo später am Tag Kinderwagen von uniformierten Kindermädchen geschoben wurden, während kleine Kinder brav daneben gingen, die Jungen in Matrosenanzügen oder Hemden mit Spitzenkragen sowie kurzen Röcken mit gerüschten Kniehosen, die Mädchen als Miniaturausgabe ihrer Mütter in langen Röcken und spitzengesäumten Unterhosen sowie großen Hüten, die mit Blumen und Schleifen beschwert waren.

Diener in goldbesetzter Uniform, mit Schnallenschuhen und geflochtenen, gepuderten Haaren halfen eleganten Männern und Frauen aus ihren Kutschen, deren Türen oft mit Wappen beschlagen waren.

Zwei Hausmädchen in langen schwarzen Kleidern und weißen gestärkten Schürzen und Häubchen drückten sich in dem geräumigen Eingang der herzoglichen Residenz herum und warteten auf die Ankunft der jungen Schornsteinfeger.

«Morgen, Mr Jones», riefen sie, als sie den Karren erblickten.

«Morgen, Ladys», sagte der Schornsteinfeger und lüftete die Mütze.

«Jones?», wiederholte Billy stirnrunzelnd. «Er heißt nich' Jones. Er heißt Bul …»

Pete presste seine Hand auf Billys Mund.

«Für die Leute hier heißt er Mr Jones», flüsterte er. «Und du hältst den Mund dazu, Steppke. Je weniger die von uns wissen, desto besser.»

«Bitte machen Sie so schnell wie möglich, Mr Jones», sagte eines der Dienstmädchen. «Ihre Ladyschaft möchte Sie aus dem Haus haben, bevor sie aufwacht.»

«Ich hab die schnellsten Lehrlinge in der ganzen Stadt, Miss», sagte Mr Bullock. «Also, Jungs, beeilt euch!», bellte er die Jungen an. «Und halt hier keine Maulaffen feil, Billy, sonst zieh ich dir die Haut ab und verkauf sie als Leder.»

Billy zuckte zusammen und versteckte sich hinter Pete.

«Kuck dir diese dämlichen Mädels an», murmelte Pete und deutete auf die Dienstmädchen, die sich anstießen und kicherten. «Die lieben es, wenn der Meister laut wird. Das finden die witzig», sagte er säuerlich.

«Ihr beiden, hört auf zu quasseln!», bellte Mr Bullock und näherte sich Pete und Billy mit hoch erhobener Peitsche.

Die zwei hasteten die Außentreppe hinunter in eine große Küche, wo sie von einer grimmig aussehenden Frau empfangen wurden. «Folgt mir», sagte sie. «Und fasst nichts an, verstanden?» Dann führte sie sie eine enge Treppe hinauf in die Haupthalle.

«Wer is' das?», flüsterte Billy. «Is' das die Frau vom Herzog?»

«Haste 'ne Meise? Das is' seine Haushälterin, 'ne ganz schöne Schreckschraube. Die hat 'ne Zunge so scharf wie 'n Rasiermesser, also pass auf.»

Billy war noch nie in einem so großen Haus gewesen wie dem vom Herzog von Clarendon; und auch wenn alle Teppiche und Möbel in den Empfangsräumen mit Papier und Tüchern verhängt worden waren, um sie vor Ruß zu schützen, hätte er sich doch in seinen kühnsten Träumen niemals solch verzierte Decken, solch schöne Marmorstatuen und solch glänzende Kerzenleuchter vorstellen können. Während er so dastand und staunend um sich blickte, vergaß er einen Augenblick lang alle Angst.

«Fast wie im Buckingham-Palast, was?», flüsterte Pete, der sich hinter ihn gestellt hatte.

Billys Augen weiteten sich. «Warst du schon mal im Buckingham-Palast, Pete?»

«Klar war ich», antwortete der Junge lachend. «Die Königin lädt uns jeden Sonntagnachmittag zum Tee ein. Is' richtig nett zu uns Jungs.»

«Oh Pete», seufzte Billy, «kann ich nächstes Mal mitkommen? Ich würde das alte Mädchen wirklich gern mal kennen lernen.»

«Hey!», brüllte Mr Bullock. «Bewegt euch! Ihr seid nich' hier, um die Landschaft zu bewundern, ihr faulen Säcke!»

«Ganz richtig, Mr Jones», sagte die Haushälterin und nickte anerkennend.

«Jetzt denk dran, was du zu tun hast», raunte Pete ihm zu, während er und Billy ihr in ein Zimmer mit einem großen, verzierten Kamin folgten.

«Ich kletter ganz nach oben auf den Schornstein», sagte Billy, «hol meine Bürste raus und …»

Pete blickte verstohlen über die Schulter und flüsterte: «Ich mein, dass du die Augen offen hältst wegen Du-weißt-schon-was.»

«Ach ja», sagte Billy und nickte. «Du meinst, ich soll nach Silber und so 'nem Kram kucken, das wir klauen können.»

«Psst!» Pete schlug dem kleinen Jungen die Hand auf den Mund.

«Was hat er gesagt?», fragte die Haushälterin scharf.

«Er hat nix gesagt, Missus.»

«Ich könnte schwören, ich hätte gehört, wie er ‹klauen› gesagt hat.»

«Nee, er hat gesagt, ihm wär 'n bisschen flau im Magen.»

«Um Himmels willen, Junge», sagte sie und schob Billy voran, «hör auf zu jammern. Sieh zu, dass du in den Schornstein kommst.»

Billy kauerte sich in den riesigen Kamin und blickte ängstlich hinauf.

«Das is' … das is' sehr dunkel», sagte er mit zitternder Stimme. «Ich kann gar nix sehn.»

«Da is' auch nix zu sehn», sagte Pete. «Schieb dir die Mütze tief ins Gesicht und roll deine Hose so hoch, wie du kannst.»

«Und hier is' gar keine Leiter. Du hast gesagt, da is' eine.»

«Na, ich hab vergessen zu sagen, dass manche Kamine keine Leitern haben», sagte Pete achselzuckend. «Du musst dich irgendwie reinzwängen und raufschieben. Is' ganz leicht, ehrlich.»

«Aber wenn ich nun runterfall?», fragte Billy, die Augen voller Tränen.

«Nee, tust du nich'. Und wenn du müde wirst, kannst du dich 'n Augenblick ausruhn und dich auf einen der Vorsprünge setzen.»

«Aber wenn ich nun …?»

«Wenn der Junge nicht im Schornstein ist, wenn ich wiederkomme», zischte die Haushälterin, «dann lasse ich jemand anderen die Arbeit machen.»

«Komm, Billy, bitte», bettelte Pete, als sie aus dem Zimmer gestürmt war. «Wenn wir diese Arbeit nich' ordentlich machen, prügelt Mr B uns alle grün und blau.»

«Pete …» Billy klammerte sich an seinen Arm. «Komm mit mir rauf.»

«Ich kann nich', Steppke, ich bin zu groß. Ich bleib stecken. Aber ich bin hier unten, falls du runterfällst.»

«Aber du hast gesagt, ich fall nich' runter. Du hast gesagt …»

Billy presste die Augen zusammen und verzog das Gesicht, doch bevor er wieder zu weinen beginnen konnte, flüsterte Pete: «Es macht nix, wenn du runterfällst, weil ich dich auffange. Du wirst dir nich' wehtun … Oh Mann, die alte Schachtel kommt wieder. Los jetzt, Billy.»

«Pete, wenn ich runterfalle …»

«Dann fang ich dich auf, hab ich doch gesagt.»

«Versprochen?», fragte Billy zweifelnd.

«Klar mach ich das. Jetzt los, rauf mit dir.»

Billy seufzte tief, griff nach seiner Bürste und zwängte sich in den Schornstein, wie Pete es ihm erklärt hatte. Langsam begann er seinen Aufstieg in die Dunkelheit.

·· 14 ··

Pa weigerte sich zu glauben, dass der Terror Billy entführt hatte.

«Nich', dass er das nich' tun würde», erklärte er Jem und Ned, «der würde sogar Königin Victoria persönlich mitschnacken, wenn er denkt, sie wär geeignet als Schornsteinfeger. Aber glaubt mir das, Gran hat euch nur was vorgemacht.»

«Aber Pa, der Tisch ...»

«Gran hat den Tisch mit ihren Knien hochgehoben. Ich hab selbst gesehn, wie sie das macht.»

«Und sie hat Billy in ihrer Kristallkugel gesehn und ...»

«Kristallkugel», höhnte Pa. «Das is' doch bloß 'n Stück Glas.» Er leerte sein Bierglas in einem Zug, drehte es um und schielte auf den Glasboden. «Herr, steh uns bei!», rief er und äffte dabei die krächzende Stimme der alten Frau nach, «ich seh 'ne Kuh übern Mond fliegen.»

«Aber Pa, Gran hat ...»

«Sich das ausgedacht, Jem. Also, ich sag das nich' nochmal», sagte er streng, «haltet euch beide da raus. Wenn ihr euch einmischt, kriegt ihr noch mehr Probleme als Billy.»

«Wo wohnt der Terror eigentlich?», fragte Jem Onkel Arthur.

«Er hat ’n Zimmer im George & Dragon, gleich bei der Walworth High Street. Er is ’n Schornsteinfeger, aber er hat noch ’ne nette kleine Nebenbeschäftigung mitm Hunde-und-Ratten-Sport, hab ich gehört.»

«Was is’ das?»

«Er lässt abgerichtete Kampfhunde mit ’ner Masse Ratten kämpfen, und alle wetten darauf, welcher Hund die meisten Ratten tötet. Is’ sehr beliebt. Die Leute kommen meilenweit, nur um – Moment mal.» Onkel Arthur unterbrach sich. «Wieso wollt ihr was über den Terror wissen?»

«Weil er Billy hat.»

«Wer hat euch das gesagt?»

«’n kleiner Vogel», antwortete Jem, der wusste, dass sein Onkel die Gaben seiner Großmutter ebenso verspotten würde wie sein Vater.

«Na, dann sagt euch dieser kleine Vogel hier jetzt», sagte Onkel Arthur und deutete auf sich selbst, «wenn der Terror Billy hat, dann könnt weder ihr noch ich was dagegen machen. Kommt diesem Satan nich’ zu nahe, sonst geht ihr drauf.»

«Hast du schon mal was vom Terror gehört?», fragte Jem Cousine Annie.

«Wer hat das nich’?», keuchte sie mit ängstlich aufgerissenen Augen. «Er is’ Schornsteinfeger und hat Gott weiß wie viele Jungs umgebracht. Und auch ’n paar von der Polente. Nur dass keiner ihm was nachweisen kann. Der is’ schlau, schlauer als der Teufel selber. Manche Leute» – sie ließ die Augen hin und her schweifen, als fürchte sie, der Terror könne jeden Augenblick hinter einer Ecke hervorkommen –, «manche Leute glauben sogar, er is' selbst der Teufel, der auf die Erde zurückgekommen is', um uns zu quälen.»

«Wo is' Walworth, Annie?»

Annie kniff die Augen zusammen. «Wollt ihr etwa da hingehn?»

«'türlich nich'», log Jem und setzte eine unschuldige Miene auf. «Ich hab nur schon 'ne Menge davon gehört.»

«Das is' auf der andern Seite vom Fluss. Ihr müsst über die Waterloo Bridge, dann links und dann ...» Sie zögerte. «Wollt ihr wirklich nich' dahin?»

«Der Terror hat Billy», platzte Ned heraus, bevor Jem ihn daran hindern konnte.

Cousine Annie fuhr entsetzt zurück.

«Also, wenn er Billy hat, dann is' der arme kleine Wurm so gut wie tot. Vermutlich hat der Terror ihn gegessen ... das is' gar kein Witz», schimpfte sie, als Jem sich über sie lustig machen wollte. «Ich hab gehört, dass er Menschenfleisch isst wie wir 'n Stück Schweinefleisch oder Hühnchen. Es is' grauenvoll, grauenvoll!» Sie schüttelte entsetzt den Kopf. «Diesen Mann sollte man aufknüpfen.»

·· 15 ··

Billy strampelte sich ein paar Meter in die Höhe und hielt dann an.

«Was is' los?», wollte Pete wissen.

«Es is' so dunkel, ich kann gar nich' sehen, wo ich lang muss», jammerte Billy.

«Das wird besser, wenn du weiter raufkommst», log Pete. «Mann, mach weiter, Billy, sonst kriegen wir Ärger mit dieser verfluchten Haushälterin.»

«Was is' hier los?», fragte Mr Bullock, der in diesem Moment das Zimmer betrat. «Is' Billy noch nich' oben?»

«Nee, er will nich' weiter, Mr B.»

«Dann müssen wir ihn wohl 'n bisschen ermuntern. Billy!», brüllte er. «Wir machen jetzt ein hübsches kleines Feuerchen im Kamin. Guck mal ...» Er zündete ein Streichholz an. «Wenn du nich' zack-zack diesen Schornstein raufkletterst, dann wirst du lebendig geröstet.»

«Nein, nicht, nicht!», schrie der kleine Junge.

«Dann kletter hoch.»

«Aber ...»

Unten wurde ein zweites Streichholz entzündet.

«Ich geh ja rauf!», rief Billy verängstigt. «Verbrennen Sie mich nich', Chef, ich geh rauf.» Und er schob sich weiter den Schornstein hinauf, indem er seinen Rücken gegen die eine Wand presste und sich die nackten Füße an der gegenüberliegenden Wand versengte, wobei er große Rußklumpen ablöste, die ihm auf das Gesicht fielen und seinen Mund füllten. Er keuchte und spuckte das abscheuliche Zeug aus. Von dem Geschmack wurde ihm so übel, dass er nach einigen Mund voll lernte, die Mütze tief herunterzuziehen und den Mund fest zuzumachen, wie Pete ihm geraten hatte.

Weiter und weiter schob er sich nach oben. Hin und wieder hielt er an und versuchte seine verbrannten Hände und Füße zu kühlen. Einmal rutschte er beinahe ab. «Ma!», schrie er. «Ma!» Und er klammerte sich schluchzend an einen Vorsprung.

Schließlich bemerkte er, dass es heller wurde; über sich erspähte er ein Stück blauen Himmel. Angeregt von der Aussicht, dem heißen, dunklen Schornstein zu entkommen, erklomm er das letzte Stück und spähte schließlich über den Rand. Vor Überraschung hielt er den Atem an. Vor ihm schien sich ganz London auszubreiten – auf der einen Seite die Themse, auf der anderen Hunderte von Dächern, die sich bis in die Ferne erstreckten. Und als er sich umdrehte, konnte er hinter sich grüne Felder und Obstgärten sehen.

Mit einem Seufzer der Erleichterung kletterte er aus dem Schornstein und hockte sich auf den Rand. Direkt unter ihm lag der Square. Er hatte noch nie Bäume oder Kutschen oder Menschen von oben gesehen, und er war so aufgeregt, dass er zu rufen begann: «Hey, ich bin hier oben! Ich bin auf der Spitze der Welt! Ich ...»

Plötzlich verlor er das Gleichgewicht, fiel vom Schornstein und rutschte das steil abfallende Dach hinunter. Ein Schrei des Entsetzens war von den Menschen zu hören, die sich unten auf dem Square versammelt hatten. Er rutschte weiter und weiter, und einen grässlichen Augenblick lang sah es so aus, als würde er gleich auf dem Fußweg zerschmettern, doch gerade als er den Rand des Daches erreicht hatte, bekam er die Regenrinne zu fassen und klammerte sich daran fest.

«Holt eine Leiter!», schrie jemand.

«Holt die Feuerwehr!»

«Sieh nicht nach unten, Junge!»

Billy klammerte sich an die Regenrinne, bis er wieder Luft bekam, und zog sich dann mit klopfendem Herzen langsam das Dach hinauf, wobei er Hände und nackte Füße wie ein Affe benutzte, bis er den Schornstein erreicht hatte.

Die Menschenmenge jubelte und rief: «Gut gemacht, Junge!»

Billy konnte Mr Bullock und die beiden Hausmädchen sehen und winkte ihnen mit seiner Bürste zu. Die Hausmädchen lachten und winkten zurück, doch der Schornsteinfeger war ganz offensichtlich nicht begeistert, denn er drohte ihm mit der Faust.

Mit einem letzten Winken ließ sich Billy wieder in den

Schornstein hinab und begann den Abstieg, wobei er so wild bürstete und fegte, dass er von dicken Rußwolken eingehüllt wurde.

·· 16 ··

«Wir gehen morgen früh los», sagte Jem. «Wir fangen ’n paar Ratten und bringen sie zum George & Dragon und sagen dem Terror, dass wir ’n paar nette kleine Nagetiere für seine Hundekämpfe haben. Dann kauft er die Ratten und wirft ’n Blick auf uns und denkt sich: Mann, hier hab ich ja ’n paar nette Schornsteinfeger für meine Sammlung, und bevor du ‹mitschnacken› sagen kannst, sind wir drin und finden Billy.»

«Oh, das is’ ja wirklich sehr schlau. Dann hat der Terror uns also alle drei», höhnte Ned. «Nee, danke. Ich hab keine Lust, auf seinem Teller zu enden.»

«Biste meschugge? Das mit dem Menschenfleisch hat Cousine Annie doch bloß gesagt, damit wir ihn nich’ suchen gehn.»

«Aber was wolln wir denn machen, wenn wir Billy gefunden haben?»

«Ihn retten, natürlich.»

«Und wie?»

«Mir fällt schon was ein.»

·· 17 ··

Es war schon schwierig für Billy gewesen, den Schornstein hinaufzuklettern, doch der Rückweg war noch schwieriger. Der Schornstein schien sich zu biegen und zu drehen und verzweigte sich mit anderen Schornsteinen, sodass Billy in der Finsternis den Weg verlor.

Er kletterte einen anderen Schornstein hinunter und fand sich im Kamin eines wunderschönen Zimmers wieder, in dessen Mitte ein Himmelbett stand, umgeben von seidenen Vorhängen und bedeckt mit einer reich bestickten Decke. In dem Bett schlief eine Dame mit berüschter Nachtmütze auf dem ergrauten Haar.

Billy kroch aus dem Kamin und schlich durch das Zimmer. Er strich über die feinen Pelze und seidenen Kleider, die in den Schränken hingen, befühlte die Damastvorhänge, ließ die Hände über die Samtstühle und Seidenkissen gleiten, bis alles im Zimmer rußige Spuren trug.

Eine herzförmige Frisierkommode stand im Erker, die Oberfläche bedeckt mit einer Sammlung versilberter Bürsten, Kristallflakons und Lackdosen voller Cremes und Parfüms.

Billy nahm eine der Flaschen, zog den Stöpsel heraus und schnüffelte daran. In diesem Moment bemerkte er eine Bewegung. Er blickte auf und sah ein rußiges Monster, das ihn mit hellblauen Augen anstarrte. Der kleine Junge war so erschrocken, dass er nicht erkannte, dass das Monster sein eigenes Spiegelbild war, und in seiner Hast stolperte er über den Hocker und landete mit einem lauten «Au!» auf dem Fußboden. Die Parfümflasche, die er in der Hand gehalten hatte, fiel hinunter und ergoss ihren Inhalt über ihn.

Derartig aus dem Schlaf gerissen, setzte sich die Dame abrupt im Bett auf. Beim Anblick von Billy zog sie sich hastig die seidene Bettdecke bis zum Kinn und schrie: «Hilfe! Hilfe!»

Billy kam stolpernd auf die Beine und lief zum Kamin zurück, doch bevor er diesen erreicht hatte, flog die Tür auf, und ein großer, rotgesichtiger Mann im Morgenmantel und passender Schlafmütze stürmte herein. Er hielt ein Schüreisen in der Hand, das er wütend schwenkte.

«Was zum Teufel …?», rief der Herzog von Clarendon, als er Billy erblickte.

Der kleine Junge flitzte über den weißen Teppich, der von seinen Fußabdrücken mittlerweile reichlich grau aussah, und kletterte in den Schornstein zurück.

«Halt ihn auf! Halt ihn auf!», kreischte die Herzogin von Clarendon.

«Keine Sorge, meine Liebe, ich kriege diese diebische Elster», sagte der Herzog. Er griff nach Billy und erwischte ihn am Fuß.

Billy klemmte sich so fest er konnte in den Schornstein,

doch der Herzog zerrte an seinem Fuß und versuchte ihn herunterzuziehen, sodass der Junge wie eine Sprungfeder hoch- und runterhüpfte und dabei große Rußwolken ins Zimmer schickte, die sich auf den Möbeln und den Vorhängen, auf dem Herzog und auf seiner hysterischen Frau niederließen.

Als Billy erkannte, dass es ihm nur dann gelingen würde, den Schornstein zu erklimmen, wenn er den Herzog hinter sich herzog, änderte er abrupt seine Taktik. Er sprang hinunter, wand seinen Fuß aus dem Griff des Herzogs und trat kräftig gegen seine Knie. Der Herzog fiel überrascht um und schlug mit dem Kopf gegen das Gitter, das vor dem Kamin stand.

«Mord!», kreischte die Herzogin und sprang aus dem Bett. «Mord!»

Billy huschte aus dem Zimmer, stieß im Flur mit der Zofe zusammen, lief die Treppe hinunter, prallte gegen einen Diener, der gerade ein Frühstückstablett nach oben trug, warf die Haushälterin um und schoss durch die Halle nach draußen, eine Spur der Zerstörung und schwarzer Fußabdrücke hinter sich zurücklassend.

Der Herzog brüllte, die Herzogin fiel in Ohnmacht, die Zofe weinte, der Diener fluchte, die Haushälterin bekam einen hysterischen Anfall, und über all dem Gezeter konnte Billy Mr Bullock brüllen hören: «Bleib stehn, du kleiner Satansbraten! Bleib stehn, sonst … sonst …!» Doch ihm fehlten die Worte.

Es war Pete, der Billy schließlich auf der Vordertreppe einfing und ihn in den Pferdekarren beförderte, der am Bordstein wartete.

«Ich würd mich an deiner Stelle jetzt ganz still verhalten, Steppke», warnte er und warf ein paar Säcke über Billy, um ihn zu verstecken. «Du steckst ganz schön in Schwierigkeiten und – Puh!» Er wich angeekelt zurück. «Du stinkst ja grauenhaft.»

«Ich hab 'ne Flasche umgeworfen», erklärte Billy. «Im Zimmer von der Alten. Hab alles über mich gegossen.»

«Oh Mann», stöhnte Pete, «Das war bestimmt ihr Parfüm. Wird uns 'n Heidengeld kosten. Bleib hier, ich geh mal nachsehen, wie groß der Schaden is'.»

Der Schaden, berichtete Pete beim Zurückkommen, betrug zehn Guinees für zerbrochene Gläser und Ziergegenstände im Zimmer der Herzogin und eine Guinee für eine Flasche französisches Parfüm.

«Der Herzog sagt, wir sollen nie wieder unsren schmutzigen Fuß in seine Tür setzen», sagte Pete. «Und – Achtung, jetzt kommt Mr B. Versteck dich unter den Säcken, Billy, oder er schlägt dich zu Klump.»

«Wo ist er? Wo ist dieser hirnlose kleine Trottel?», brüllte der Schornsteinfeger und schlug mit der Peitsche durch die Luft. «Wenn ich den in die Finger kriege!»

«Es war nich' seine Schuld, Chef», sagte Pete und stellte sich vor die Säcke, sodass der Meister nicht sehen konnte, wie sie zitterten.

«Nich' seine Schuld? Er hat beinah den Herzog umgebracht und seiner Missus 'n Herzinfarkt verpasst. Er hat ihr Haus verwüstet. Er –»

«Das war bloß, weil er sich aufm Weg nach unten verlaufen hat, Mr B. Er hat's nich' mit Absicht getan.»

«Ja, geben Sie ihm 'ne Chance, Chef, er is' doch bloß 'n Steppke», drängte Dick.

«Und es war sein erstes Mal», fügte Harry hinzu.

Der Schornsteinfeger starrte sie an, wobei er seine Faust abwechselnd ballte und öffnete. «Na gut», sagte er schließlich. «Na gut, ich verschon ihn. Aber ich sag euch eins, wenn dieser Kerl den nächsten Auftrag vermasselt, dann schneid ich ihm den Bauch auf und benutz seine Därme als Wäscheleine, das schwör ich euch!»

·· 18 ··

Jem und Ned waren am nächsten Tag schon lange vor dem Morgengrauen auf den Beinen. Jem hatte keine Ahnung, wo genau Walworth lag, außer dass es sich südlich vom Fluss befinden sollte, doch er nahm an, dass es ein langer Weg dorthin sein würde und sie viel Zeit benötigten, um vor dem Abend hin und zurück zu gelangen.

«Sei leise!», ermahnte er seinen Bruder, als sie aus ihrem schmalen Bett glitten, «sonst weckst du Pa auf. Und wenn er rauskriegt, dass wir wegwollen, gibt's Ärger.»

Schnell zogen sie sich an – Jem seinen Frack, Kniebundhosen und Gamaschen, Ned seine lange Hose mit Rissen und Löchern an verräterischen Stellen, dazu ein Paar Stiefel, die mehrere Nummern zu groß für ihn waren und mit Bindfäden zusammengehalten wurden.

«Fertig?», flüsterte Jem.

«Nee, warte», sagte Ned. «Ich will erst was zu essen.»

«Wir haben keine Zeit.»

«Ich geh nich' den ganzen Weg bis Walworth, ohne ...»

«Psst!» Jem legte den Finger an die Lippen und deutete auf Pa, der einen Moment lang aufgehört hatte zu schnarchen und sich im Schlaf bewegte. «Sieh hier nach.» Er deutete auf die alte Orangenkiste, die Ma zum Aufbewahren der wenigen Nahrungsmittel benutzte, die sie besaßen.

«Da is' nur das drin.» Ned hielt einen kleinen Laib Brot hoch.

«Das reicht», sagte Jem und nahm ihn ihm aus der Hand.

«Aber wir können das doch nich' mitnehmen», sagte Ned entsetzt.

«Wieso nich'?»

«Weil das Pas Frühstück is'.»

«Und du willst gar keins haben?»

Ned blickte unsicher zu seinem Vater hinüber. «Na gut», sagte er und streckte die Hand aus.

«Gut, dann komm jetzt!»

«Wo wollt ihr beiden hin?», fragte Kate. Sie hob den Kopf und blickte sie schläfrig an.

«Wir … äh … wir wollen bloß nach Neds Schleuder suchen.»

«Was, mitten in der Nacht?»

«Er kann nich' schlafen deswegen.»

«Ach ja? Das hört sich mir ganz nach einem von deinen Lügenmärchen an, Jem.Und was wollt ihr mit dem Brot? Ihr wisst, dass das für Pa is'. Gebt mir was ab, sonst weck ich ihn», fügte sie hinterlistig hinzu.

Jem murmelte etwas von gierigen Mädchen vor sich hin, brach aber ein Stück vom Brot ab und reichte es seiner Schwester, die es schnell hinunterschluckte und den Kopf wieder auf die Strohmatratze legte.

«Tschüs, Kate», flüsterte Jem, beugte sich über sie und gab ihr einen schnellen Kuss auf die Wange.

«Hau ab!» Sie sprang auf und rieb sich heftig die Wange. «Wieso hast du das gemacht?»

«Bist du verrückt?», wollte Ned wissen, nachdem Jem die Tür des Wohnwagens leise hinter sich zugezogen hatte. «Du küsst Kate?»

«Ich hab mich nur bei ihr bedankt.»

«Wofür?»

«Dafür», sagte Jem und hielt einen Penny hoch. «Sie versteckt immer Geld unter ihrer Matratze. Das brauchen wir, um über die Waterloo Bridge zu kommen.»

Es war kurz vor sechs Uhr an einem kalten, dunklen Wintermorgen, als die beiden Jungen aus dem Hof schlichen. Jeder trug einen Sack, den sie mit Ratten füllen wollten.

Nun herrschte in Devil's Acre an vielen Dingen großer Mangel, was Geld, Essen, Wärme, Licht oder Wasser betraf, doch Ratten gab es mehr als genug. In den Straßen, Häusern und Gärten wimmelte es nur so von ihnen. Sie liefen über die Mauern, schwärmten durch die Abwasserkanäle und wühlten sich durch die Abfall- und Misthaufen. Doch sie zu fangen war nicht so einfach, wie die Jungen gedacht hatten.

«Wieso rennen mir diese Mistviecher nur so über die Beine, wenn ich friedlich in der Gosse hocke», beschwerte sich Jem, «aber wenn ich eine fangen will, dann» – er machte einen Hechtsprung auf eine Ratte zu, verfehlte sie und schlug lang hin –, «dann krieg ich sie nich' zu fassen.»

«Bei der Geschwindigkeit brauchen wir ja den ganzen Tag», meinte Ned.

«Ich weiß was, wir legen was zu essen hin und warten drauf, dass sie sich's holen, und dann schnappen wir sie.»

«Ja, das is' 'ne gute Idee.»

«Dann mach.»

«Was?»

«Leg was zu essen hin.»

«Ich geb denen doch nichts von meinem Brot ab. Wieso gibst du denen nichts von deinem ab?»

«Weil es meine schlaue Idee war.»

«Dann mach's selber, Schlaumeier.»

«Oh, na gut», knurrte Jem. Und er brach ein winziges Stück Brotrinde ab und krümelte sie auf den Boden. «Wenn die das riechen, kommen die zu Hunderten», sagte er. «Ich halt den Sack, und du nimmst sie beim Schwanz und steckst sie rein.»

«Wieso nimmst du sie nich' beim Schwanz und steckst sie rein?», wollte Ned wissen.

«Weil ich nich' einseh, wieso ich alles allein machen soll. Ich hab denen schon die Hälfte von meinem Frühstück abgegeben, reicht das nich'?»

Ned murmelte etwas über die allgemeine Ungerechtigkeit und Gemeinheit von Brüdern, hockte sich aber in die Gosse und wartete auf die Ratten, die sich auf den Köder stürzen würden, während Jem mit einem Sack bereitstand.

Und sie warteten. Und warteten.

«Geh mal 'n Stück zurück, Ned», schlug Jem vor. «Du verschreckst sie.»

Ned rückte etwas weiter vom Köder ab, und eine große Ratte, die mutiger oder hungriger als die anderen war, eilte darauf zu und begann zu nagen.

«Jetzt!», schrie Jem.

Ned sprang vor und griff nach der Ratte. Erschreckt grub das Tier seine scharfen gelben Zähne in den Finger des Jungen und verschwand im Abwasserkanal.

«Du hättest sie nich' loslassen dürfen», knurrte Jem, während Ned vor Schmerzen schrie und auf der Stelle hüpfte. «Und dann hat sie noch mein ganzes Brot aufgegessen.»

«Dann fang du sie doch», sagte Ned gekränkt. «Dieses Miststück hat mir beinah den Finger abgebissen.»

«Hat ganz schön gezwickt, was?», sagte Jem und untersuchte die Wunde. «Ich hoff bloß, dass du nich' dran abkratzt.»

«Wieso?»

«Man kann Geschwüre von 'nem Rattenbiss kriegen, weil die schreckliche Krankheiten haben.»

«Geschwüre?»

«Ja. Dein Finger wird dann ganz grün und schleimig, und dann fällt er ab.»

Ned schluckte. «Wieso hast du mir das nich' vorher gesagt? Wenn ich nun abkratze?»

«Nee, hab bloß Witze gemacht, du stirbst schon nich'. Du bist viel schmutziger als die Ratten. Würd mich nich' überraschen, wenn eher die Ratte abkratzt, nachdem sie dich gebissen hat.»

«Also, ich fang jedenfalls keine mehr», schmollte Ned und lutschte an seinem Finger.

«Ich sag dir was», meinte Jem, «wir fangen 'n paar Katzen und stecken die stattdessen in den Sack. Die sind viel leichter zu fangen. Jeder kann 'ne Katze fangen, sogar du.»

«Aber der Terror will keine Katzen, der will Ratten.»

«Ich seh nich' ein, warum er nich' auch Hunde-und-Katzen-Wettkämpfe machen soll. Hunde jagen doch viel eher Katzen als Ratten.»

«Aber ...»

«Hast du vielleicht 'ne bessere Idee?», fragte Jem verärgert.

«Nee.»

«Dann hör auf zu streiten.»

Also machten sich die beiden Jungs daran, ein paar der wilden, halb verhungerten Katzen zu fangen, die in den Wegen und Höfen um Devil's Acre herumstreunten. Doch aus irgendeinem Grund wollte keine von ihnen an diesem Morgen in einem Sack nach Walworth getragen werden, obwohl alle sehr gewillt schienen, jeden Jungen, der sie zu fangen versuchte, anzufauchen und zu zerkratzen.

«Ach, komm», sagte Jem schließlich und wischte sich das Blut von den zerkratzten Armen, «wir verschwenden bloß Zeit.»

Und er machte sich mit Ned auf den Weg nach Walworth.

·· 19 ··

«Ihr könnt nich' über die Brücke, wenn ihr kein Geld dabeihabt. Für jeden 'n halben Penny», sagte der Brückenwächter auf der Waterloo Bridge. «Und versucht gar nich' erst, euch durch die Luke zu quetschen, sonst ruf ich 'nen Polizisten und lass euch einsperren.»

«Is' ja gut, kein Grund zu meckern, wir haben das Geld», sagte Jem und hielt den Penny hoch, den er Kate gestohlen hatte.

Auf der Brücke herrschte ein dichtes Gedränge aus Menschen und Fahrzeugen, angefangen von schweren, wankenden Planwagen, die mit Heu und Dung beladen waren und deren eisenbeschlagene Räder über die Pflastersteine knirschten und knarrten, bis zu den klingelnden Karren der Straßenhändler, die von schwindsüchtigen kleinen Eseln gezogen wurden.

Pferde rutschten auf den nassen Steinen aus und stürzten, und die Kutscher schlugen mit der Peitsche aufeinander ein, wenn die Räder ihrer Wagen sich ineinander verhakt hatten. Einige Male wurden die Jungen so heftig angerempelt, dass sie fast unter die Pferdehufe gerieten, und Ned stieß mit einer Frau zusammen, als er einem Gefährt ausweichen wollte, das von einem wütenden Kutscher gefahren wurde. Die Frau balancierte einen großen Korb mit

Eiern auf dem Kopf. Der Korb fiel um, und im nächsten Moment breitete sich auf dem Boden ein See aus Eigelb aus.

«Du …!» Der wütende Gesichtsausdruck der Frau und die Worte, die sie verwendete, um Ned zu beschreiben – und was sie mit ihm tun würde, wenn sie ihn erst in den Fingern hätte –, trieben die Jungen in die Flucht.

Als sie über die Brücke kamen, kletterten sie die steilen Steinstufen hinunter, die zum Ufer führten. Das gesamte Abwasser Londons floss direkt in die Themse und verlieh ihr einen derartig faulen Gestank, dass sich viele Leute beim Vorbeigehen ein Taschentuch vor die Nase hielten.

«Was machen die da?», fragte Ned und deutete auf die Frauen und Kinder, die zum Teil hüfthoch in dem kalten, stinkenden Morast wateten. «Wieso beugen die sich so vor? Suchen die was?»

«Klar tun die das. Das sind Schlammvögel.»

«Die sehn mir nich' wie Vögel aus», sagte Ned fröstelnd. «Dem Mädchen da drüben is' so kalt, die is' schon ganz blau.»

«Die sucht nach Sachen, die sie verkaufen kann.»

«Was denn für Sachen?»

«Sachen, die aus den Booten fallen, oder» – Jem zwinkerte ihm zu – «weggeworfen werden, wenn keiner hinguckt … He!», rief er einer alten Frau zu.

«Was?» Sie richtete sich auf, und der Dreck aus dem Fluss tropfte von ihren zerlumpten Kleidern herunter.

«Was ham Sie da in Ihrem Korb, Missus?»

«'n bisschen Band, 'n Stück Holz, 'n paar Nägel, 'n paar Knochen», antwortete sie, während sie sich den Rücken hielt und schmerzhaft das Gesicht verzog. «Willste was kaufen, mein Schätzchen?»

Jem schüttelte den Kopf.

«Wie wär's mit 'n bisschen Kohle?» Sie hielt einen rostigen alten Eimer hoch. «Nur 'nen Penny für das Ganze hier.»

«Nee, hab kein Geld.»

«Dann zieh Leine!», zischte sie und winkte ihn fort. «Und lass mich meine Arbeit machen.» Und sie beugte sich erneut vor und stocherte im Schlamm.

«Meinst du, das lohnt sich?», fragte Ned.

«Was, Schlammvogel sein? Spinnst du? Pa sagt, die machen bloß so drei Penny am Tag, wenn sie Glück haben, und zerschneiden sich dabei die Füße an Glasscherben und Nägeln und kriegen Ausschläge an den Beinen vom kalten Wasser und ...»

«Jem, guck da, da!», rief Ned und packte ihn am Arm.

«Was?»

«Da drüben. Der Junge, der da bis zur Hüfte im Wasser steht ... Das is' Billy!»

«Nee ...»

«Doch, doch! Das is' seine Mütze, die mal mir gehört hat. Sie hat 'n großen Riss und ...»

«Du hast Recht, das is' er. Billy! Billy!»

Die beiden Jungen liefen über das Ufer, ruderten mit den Armen und glitten im nassen Schlamm aus.

«Billy! Billy!»

«Warum antwortet er nich'?»

«Weil er schwerhörig is', das weißt du doch … Billy!»

«Mann, ich freu mich schon auf Mas Gesicht, wenn wir ihn nach Hause bringen.»

«Billy, was is' mit dir los, du kleiner – Oh!» Jem kam abrupt zum Stehen, als der kleine Junge sich umdrehte und ihn anstarrte.

«Ich heiß nich' Billy», murmelte er und tauchte seine Hand wieder ins Wasser. «Ich heiß Albert.»

Jem machte ein langes Gesicht, und Ned schluckte hart.

«Ich hätt' schwören können …»

«Ja, ich auch.»

«Er sah genau aus wie Billy …»

«Komm, lass uns gehen.»

Sie zogen ihre Schultern gegen den beißenden Wind hoch und trotteten über das Ufer, die Herzen so schwer wie der bleierne Himmel über ihnen.

·· 20 ··

«Was is' los, Schatz, stimmt was nich'?», fragte Mrs Bullock besorgt. «Du isst ja dein Frühstück gar nich'. Die Eier sind ganz bestimmt frisch, ich hab sie erst gestern aufm Markt gekauft. Und der Speck ...», sie nahm ein Stück und roch daran, «is' ganz in Ordnung.»

«Mit den Fressalien is' alles in Ordnung, Flo», knurrte ihr Ehemann. «Es liegt an dem da.» Er deutete mit dem Messer auf Billy, der in einer Ecke kauerte. «Er hat mir den Appetit verdorben. Hat beim Herzog von Clarendon ein komplettes Chaos angerichtet. Ein komplettes Chaos.»

«Das überrascht mich gar nicht, mein Schatz. Gleich als ich ihn gesehn hab, dachte ich, das is' bloß 'ne Niete, der bringt uns nichts als Ärger ein. An deiner Stelle würd ich ihn an den Einäugigen Eric in Bermondsey verkaufen. Der gibt dir sechs Pence für ihn.»

Clem, die am Tisch nähte, sog hörbar die Luft ein. «Nee, Papa, mach das nicht», sagte sie, humpelte zu Billy hinüber und legte ihre Arme um ihn. «Er ist zu klein für 'ne Kanalratte.»

«Was is' 'ne Kanalratte?», flüsterte Billy ihr ins Ohr.

«Einer, der in der Kanalisation nach Sachen sucht. Die kommen ganz gut klar, weil sie alles Mögliche da unten finden: Sachen aus Eisen und Kupfer und manchmal auch

Münzen, wenn sie Glück haben, und Stücke aus Silber und Schmuck. Aber es is' 'n gefährliches Spiel. Die meisten werden runter in den Morast gezogen und ertrinken, oder sie verlaufen sich in all den Verzweigungen und kommen nie wieder raus, oder die Ratten reißen sie in Stücke, oder die Decke fällt runter und begräbt sie lebendig, oder sie ersticken wegen der Dämpfe, oder ...»

Mit einem Schrei des Entsetzens tauchte Billy unter den Tisch.

«Dabei würde er draufgehen, Papa», sagte Clem.

«Na gut, meine Hübsche. Aber ich schick ihn auch nich' mehr in 'n Schornstein, weil er nich' genug Hirn hat, um wieder runterzufinden», sagte der Meister verärgert.

«Aber er könnte uns doch bei der anderen Arbeit helfen, Mr B», sagte Pete. «Heute Nacht haben wir was Großes laufen.»

«Und was soll er da machen?»

«Er könnte 'n guten Kanarienvogel abgeben.»

«Nee, dazu is' er nich' kräftig genug.»

«Wie wär's dann mit 'ner Krähe? Billy, komm mal her», sagte Pete. Er griff unter den Tisch und zog den kleinen Jungen am Kragen hervor. «Bist du schon mal 'ne Krähe gewesen?»

«Nee, ich war immer 'n Junge, solang ich denken kann, aber ich kann ja versuchen, 'ne Krähe zu sein», sagte Billy, der den wütenden Schornsteinfeger unbedingt beschwichtigen wollte. «Obwohl –» Er machte ein langes Gesicht. «Ich glaub, ich bin nich' so gut im Fliegen, weil ich gar keine Flügel hab.»

«Ich fass es nich'!», murmelte Mr Bullock und musste gegen seinen Willen lachen. «Dieser Dussel weiß noch nich' mal, was 'ne Krähe ist.»

«'ne Krähe is' kein Vogel, Billy», erklärte Pete ihm, «zumindest nich' die, von der wir reden. 'ne Krähe is' derjenige, der vorm Haus steht, während der Rest von uns drinnen die Sachen mitgehen lässt. Und wenn irgendwer vorbeikommt, zum Beispiel die Polente, dann gibt uns die Krähe 'n Zeichen, damit wir abhauen können.»

«Und 'n Kanarienvogel is' der, der den Sack nachher wegträgt, damit wir nich' mit dem Kram erwischt werden», erklärte Dick.

«Bloß dass wir keinen andern Kanarienvogel brauchen, weil Harry die Arbeit schon bestens erledigt. Aber 'ne Krähe könnten wir gut gebrauchen», sagte Mr Bullock. «Aber ob er da der Richtige is'» – er sah Billy mit finsterem Blick an –, «das weiß ich wirklich nich'.»

«Geben Sie ihm 'ne Chance, Mr B», bat Pete.

«Ja, komm, Dad», sagte Clem. «Lass es ihn versuchen.»

«Du musst die ganze Zeit, wenn wir im Haus sind, scharf aufpassen», warnte Mr Bullock, «und sofort pfeifen, wenn du was Verdächtiges siehst. Du kannst doch pfeifen, oder?»

Billy nickte.

«Na los, dann lass mal hören.»

Der Junge spitzte die Lippen und blies, bis seine Vorderzähne klapperten. Doch es kam kein Laut heraus.

«Versuch's mal so», schlug Dick vor. Er steckte die Finger in seinen Mund und stieß einen schrillen Pfiff aus.

Doch Billy hatte auch kein Glück mit seinen Fingern, obwohl es ihm immerhin gelang, eine Menge Ruß abzulecken.

«'ne Tierstimme is' auch 'n gutes Warnsignal für 'ne Krähe», sagte Harry. «Bell doch mal wie 'n Hund, Billy.»

«Wau, wau.»

«Nee, da fällt doch keiner drauf rein. Was is' mit 'ner Katze?»

«Miau.»

«Was is' mit 'nem Vogel?»

«Ach, gib's auf», zischte der Schornsteinfeger. «Du weißt genau, dass er nur ‹Piep, piep› sagen wird. Der kann einfach nichts richtig machen.»

«Aber er schafft es bestimmt, wenn's ihm jemand beibringt, Papa», sagte Clem.

«Und wir brauchen 'ne Krähe, Mr B», sagte Pete. «Ohne Krähe können wir die Arbeit heute Nacht nich' erledigen.»

«Nee, wir haben keine Zeit, ihm was beizubringen.»

«Ich kann ihm zeigen, wie man 'nen Kater nachmacht», sagte Clem.

«Nee, das schafft er nie ...»

«Lass es mich doch versuchen, Papa. Bitte.»

Der Schornsteinfeger sah den flehenden Blick seiner Tochter. «Na gut», nickte er. «Du hast ’n weiches Herz, mein Schatz. Aber eins sag ich dir», und er wandte sich an Billy, «ein Fehler, und ich schick dich zum Einäugigen Eric … Oder noch besser», fauchte er, während dem kleinen Jungen die Tränen über die Wangen rollten, «ich überlass dich dem Terror, dann haste wirklich Grund zu flennen.»

·· 21 ··

«Kannst du nich' 'n bisschen schneller?», knurrte Jem, als sie sich durch die vollen Straßen schlängelten, die parallel zum Fluss verliefen.

«Wir gehen jetzt schon seit Stunden, und ich lauf mir die Füße platt», beschwerte sich Ned. «Außerdem glaub ich, du weißt gar nich', wo wir hinmüssen.»

«Weiß ich doch.»

«Ach ja? Sind wir hier in der Nähe von Walworth, Missus?», rief Ned einer alten Frau zu, die an der Ecke Blumen verkaufte.

«Du liebe Güte, Herzchen, da geht ihr in die falsche Richtung. Walworth liegt da.» Und sie deutete hinter sich.

«Da kommen wir grade her», grollte Ned. «Du hast gesagt ...» Wütend drehte er sich zu Jem um.

«Das war nich' ich, das war Cousine Annie. Sie hat gesagt, über die Waterloo Bridge und dann links.»

«Wo kommt ihr denn her, meine Süßen?», fragte die Blumenverkäuferin.

«Von Devil's Acre.»

«Devil's Acre? Himmel, da habt ihr 'ne Menge Zeit und Schuhleder verschwendet. Ihr hättet über die *Westminster* Bridge gehen müssen und dann gradeaus.»

«Wenn ich zurückkomme, bring ich Cousine Annie um», sagte Jem, der vor Wut kochte.

«Du meinst, *falls* du zurückkommst.» Ned blickte düster.

«An eurer Stelle würde ich 'n Omnibus nehmen», sagte die Blumenverkäuferin. «Der bringt euch direkt nach Walworth. Ich war allerdings noch nie da. Ich geh nie in die fremden Viertel, wenn sich's vermeiden lässt. Die Leute da sind irgendwie anders.»

«Und was sollen wir jetzt machen?», sagte Ned wütend. «Für 'nen Omnibus muss man bezahlen, und wir haben nich' mal 'nen Viertelpenny.»

«Blutet dein Finger noch?»

«Nee, hat aufgehört.»

«Zeig mal.»

Ned hielt ihm die tiefe Wunde hin, die die Ratte hinterlassen hatte. Das Blut war dick geworden und bildete bereits Schorf, doch Jem quetschte den Finger so fest, dass sich die Wunde erneut öffnete und das Blut wieder hervorquoll.

«Au!» Ned sprang zurück. «Jetzt reicht's mir aber», knurrte er mit wutverzerrtem Gesicht. «Ich hab die Nase voll von dir.» Und er hob seine Fäuste.

Jem ignorierte Ned einfach. «Entschuldigen Sie, Euer Ehren», sagte er jetzt und ging auf einen freundlich aussehenden alten Mann zu. «Können Sie uns helfen? Meinen Bruder hat grade 'ne Schlange in den Finger gebissen.

Zeig's dem Gentleman, Ned.» Und er packte den blutigen Finger seines Bruders und hielt ihn dem Mann hin.

«Eine Schlange?», rief der Mann ungläubig aus.

«Ja, die is' aus dem Abwasserkanal da drüben gekommen. War riesig groß, ungefähr so …» Jem breitete die Arme aus. «Hat meinen Bruder gebissen und …»

«Sie hat ihn gebissen?»

«Ja, richtig fest, stimmt's, Ned?»

Ned presste die Lippen fest aufeinander und starrte auf den Boden. Er wollte nicht bei Jems Lügengeschichte mitmachen, aber er wollte sie ihm auch nicht verderben, denn sie brauchten das Geld für den Bus.

«Aber Schlangen haben keine Zähne», sagte der Mann mit erstauntem Gesicht.

«Doch, in Australien schon, Euer Ehren. Da haben sie riesige Zähne, so scharf wie Schnitzmesser.»

«Aber wie kommt eine Schlange von Australien hierher?»

«Die hat sich bestimmt in einem von diesen Booten versteckt», sagte Jem und deutete vage in Richtung des Flusses. «Jedenfalls», sprach er eilig weiter, bevor der alte Mann noch mehr misstrauische Fragen stellen konnte, «hat sie ihre Zähne in Neds Finger gebohrt und nich' mehr losgelassen. Ich musste richtig mit ihr kämpfen, damit sie losließ. Jetzt muss ich ihn aber ins Krankenhaus bringen, bevor er tot umfällt, weil er 'ne Menge Blut verloren hat, stimmt's, Ned?», sagte Jem und drückte den Finger seines Bruders so fest, dass Ned vor Schmerzen laut aufschrie. «Aber wir haben kein Geld für den Omnibus.»

«Du meine Güte, ich würde euch ja selbst hinfahren, aber ich habe um neun Uhr eine Verabredung. Hier», sagte der alte Mann, griff in seine Tasche und zog eine Geldbörse heraus. Dann drückte er Ned einen Shilling in die Hand.

«Jetzt geht gleich zum Krankenhaus», sagte er. «Viel Glück, du armer Bengel ... Bist du ganz sicher, dass es eine Schlange war, die ihn gebissen hat?», fragte er Jem stirnrunzelnd.

«So sicher, wie ich John Smith heiße, Eure Hoheit», sagte Jem und presste die Hand auf sein Herz.

«Und wo ist sie jetzt?»

«Wieder zurück im Abwasserkanal.»

«Da ist sie am besten aufgehoben», murmelte der Mann und eilte davon.

«Prima!», rief Jem und schnappte sich den Shilling. «Wir haben das Geld für den Omnibus. Jetzt werden wir in großem Stil nach Walworth kutschiert. Und» – er zog ein seidenes Taschentuch aus der Tasche – «das kannst du dir um den Finger wickeln, damit er aufhört zu bluten.»

«Ich fass es nich'!», rief Ned. «Ich hab gar nich' gesehn, wie du ihm das abgeknöpft hast.»

«Klar hast du das nich'», sagte Jem stolz. «Ich bin eben 'n Profi.»

•• 22 ••

Der Einbruch in dieser Nacht sollte im Haus von Joseph Bickerstaff stattfinden, einem wohlhabenden Anwalt, der in Holborn wohnte.

«Das is' das letzte Haus in 'ner sehr ruhigen Nachbarschaft. Hauptsächlich ordentliche, ehrenwerte Leute, die sich um ihren eigenen Kram kümmern, stimmt's, Pete?», sagte Mr Bullock, denn er und Pete hatten die Schornsteine dort schon oft gefegt und kannten das Innere des Hauses wie den Rücken ihrer rußbedeckten Hände. «Bickerstaff is' 'n Junggeselle, also brauchen wir uns nich' um seine Frau oder irgendwelche Kinder zu sorgen – zumindest um keine, die er anerkennt. Und der Kerl von der Polente, der in dem Viertel das Sagen hat, ist Spooner. Das is' 'n alter Kerl – wird auch Holzbein genannt, weil er 'n falsches Bein hat, das ihn abbremst. Der macht uns keinen Ärger.»

«Hört sich gut an», grinste Dick.

«Kinderspiel», nickte Harry.

«Der alte Bickerstaff geht gleich nach dem Abendessen los, mit Zylinder und in 'nem schwarzen Mantel mit rotem Seidenfutter – von Kopf bis Fuß aufgebrezelt is' der», erklärte Pete. «Er kommt erst Stunden später zurück, also haben wir reichlich Zeit, zu arbeiten und wieder zu verduften.»

«Was is' mit seiner Haushälterin? Ist das noch Mrs Osborne?»

«Genau, Mr B.»

«Schade. Das is' 'ne neugierige alte Schachtel, die immer hinter den Vorhängen steht und guckt, was andre Leute machen.»

«Ja, aber als wir das letzte Mal da waren, hat sie gesagt, sie hat scheußliches Rheuma und sitzt meistens in der Küche, während die Hausmädchen rumrennen und alles tun. Außerdem glaub ich nich', dass sie um diese Uhrzeit hinterm Vorhang steht», beschwichtigte Pete ihn.

«Na gut.» Der Meister nickte. «Also, hier is' der Plan. Du und Dick und ich erledigen die Arbeit. Wir gehen durch die Küchentür rein und dann rauf in'n ersten Stock. Der Kram, den wir haben wollen, steht in seinem Arbeitszimmer.»

«Was is' es denn, Mr B?»

«Kelche.»

Die Jungen sahen sich verwundert an.

«Elche?», fragte Dick.

«Kelche, du Trottel – Trinkgefäße, kostbare Trinkgefäße. Aus Gold und Silber. In manchen stecken sogar Edelsteine drin.»

«Mann!»

«Die sind 'n Vermögen wert. Der alte Bickerstaff sammelt sie. Natürlich stehen die alle in 'nem verschlossenen Schrank, aber der macht uns keine Schwierigkeiten.» Der

Schornsteinfeger grinste. «Das Schloss möcht' ich sehen, das ich nich' aufkriege.»

«Was is' mit mir, Mr B?», wollte Harry wissen.

«Du versteckst dich wie immer mit dem Wagen hinter der Ecke und kommst angefahren, wenn Billy dir das Zeichen gibt, dass die Arbeit erledigt is' und wir verduften wollen.»

Um Billy mit dem Ort des Verbrechens bekannt zu machen, nahm Pete ihn am Nachmittag mit in die Straße, wo der Anwalt wohnte, und spielte mit ihm in einer Ecke «Himmel und Hölle».

«Wenn du irgendwas siehst, was uns vielleicht Probleme machen kann, wenn der alte Bickerstaff zum Beispiel früher nach Hause kommt oder irgend'n verdächtig aussehender Kerl hier rumhängt, dann weißt du, was du zu tun hast, Billy, oder?», fragte Pete. «Ein Miau warnt uns, dass irgendwas faul is'. Bei zwei Miaus bringt Harry den Wagen her, damit wir schnell wegkommen.»

Billy nickte. «Ich bin richtig gut im Miauen geworden. Hör mal …»

«Lass das!», zischte Pete und schlug Billy die Hand auf den Mund. «Du verrätst uns noch.»

·· 23 ··

Jem und Ned hatten einige Schwierigkeiten, den Bus nach Walworth zu besteigen, obwohl sie dem Fahrkartenkontrolleur ihren Shilling hinhielten, der mehr als ausreichte, um die Fahrt der beiden zu bezahlen.

«Dreckiges Lumpenpack», murmelten einige Passagiere.

«Gossenkinder.»

«Bestimmt voller Ungeziefer.»

«Lassen Sie die bloß nicht rein.»

«Ich kann sie nicht aufhalten, Missus, wenn sie das Geld für die Fahrt haben», sagte der Kontrolleur, der sich in einer verzwickten Lage befand. «Die Regeln der Gesellschaft schreiben vor, dass jeder, der die Fahrt bezahlen kann, auch fahren darf – solange er sich benimmt, natürlich.»

«Dann schicken Sie sie um Himmels willen nach oben, so weit wie möglich entfernt von anständigen Leuten.»

«Also rauf mit euch», sagte der Kontrolleur, erleichtert, dass das Problem zu jedermanns Zufriedenheit gelöst worden war.

«Wir wollten sowieso nach oben», gab Jem zurück und schob seine Nase mit dem Daumen hoch.

«Genau, wir wollen schließlich nich' mit solchen wie

euch hier unten hocken», fügte Ned hinzu, «sonst kriegen wir noch Flöhe.»

Und sie kletterten die Eisenleiter an der Außenseite des Busses hinauf.

Wegen des bitterkalten Wetters befand sich niemand auf dem offenen Oberdeck, sodass sie sich die Plätze unter den Sitzen aussuchen konnten, die in der Mitte des Busses Rücken an Rücken aufgereiht waren. Natürlich wählten sie die beiden vorderen, direkt über den Pferden und nahe am Kutscher. Das war ein stämmiger Mann mit weißem Zylinder, einer Rose im Knopfloch und einer Zigarre zwischen den Lippen – ein großzügiges Geschenk von einem seiner regelmäßigen Passagiere.

«He, Chef», sagte Jem und tippte ihm auf die Schulter, «darf ich auch mal kutschieren?»

«Stör mich bloß nich', Junge», sagte der Mann streng. «Wenn ich mich nich' an meinen Zeitplan halte, dann muss ich 'ne Strafe zahlen, auch wenn ich bloß 'ne Minute zu spät komm. Also setzt euch hin und haltet den Rand.»

Und mit einem «Hüa!» trieb er die Pferde an.

Diese trotteten in ruhigem Schritt voran, während Jem und Ned vor Aufregung über ihre erste Busfahrt auf den Sitzen herumsprangen, sich über das Geländer beugten und die Menschen in den Straßen beschimpften, bis der Kontrolleur nach oben kam und ihnen sagte, er würde sie hinauswerfen, wenn sie sich weiter so schlecht benähmen. «Und euer Geld bekommt ihr auch nicht wieder.»

«Können wir nich' schneller fahren, Chef?», fragte Jem den Fahrer.

«Nein, können wir nich'. Wenn ich die Pferde galoppieren lass und mich jemand beim Friedensrichter verpfeift, verlier ich meine Arbeit. Und das kann ich mir nich' leisten. Hab 'ne Frau und zehn Kinder, die ich versorgen muss.»

«Bei der Geschwindigkeit kommen wir nie in Walworth an», flüsterte Jem seinem Bruder zu. «Los, Ned, mach den Pferden mit deiner Schleuder mal 'n bisschen Dampf.»

«Nee, ich glaub nich', dass das gut is'», sagte Ned stirnrunzelnd.

«Wieso nich'?»

«Weil's gefährlich is'. Vielleicht gehn die durch.»

«Jetzt hör mal zu, wir müssen nach Walworth, Billy finden und wieder nach Hause kommen, bevor's dunkel is', und das schaffen wir nie, wenn wir nich' 'n bisschen schneller voran kommen. Ich sag ja nich', dass du sie scheu machen sollst, du sollst sie bloß 'n bisschen aufmuntern. Da is' doch nichts Kriminelles dran, oder? Die können uns ja wohl nich' ins Loch stecken, nur weil wir 'n paar Steinchen auf Pferdehintern abgeschossen haben.»

«Aber ...»

«Oh, verflixt!», knurrte Jem. «Jetzt werden wir noch langsamer. Chef», er tippte dem Kutscher wieder auf die Schulter, «wieso halten wir an?»

«Damit die Leute ein- und aussteigen können, natürlich. Dumme Frage», murrte er.

«Wie lange müssen wir denn warten?»

«Bis die Leute, die aussteigen wollen, ausgestiegen sind, und die, die einsteigen wollen, eingestiegen sind.»

«Los, los, nu' mal bisschen hopp!», feuerte Jem die Passagiere an und beugte sich über das Busgeländer. «Hey, Sie … Ja, Sie mein ich, Sie Pfaffe», rief er einem älteren Mann zu, der sich mit einem Freund unterhielt. «Steigen Sie jetzt ein oder nich'? Wir können nich' den ganzen Tag hier rumstehen und auf Klatschbasen warten.»

«Unverschämter Flegel!», rief der Geistliche und drohte ihm mit dem Gehstock.

«Das is' meine letzte Warnung», sagte der Kontrolleur, der den Bus von hinten erklomm. «Wenn ihr euch jetzt nich' benehmt …»

«Is' ja gut, is' ja gut.» Jem setzte sich hin. Doch sobald der Kontrolleur verschwunden war, sprang er wieder auf die Füße und bedrängte den Kutscher.

«Müssen wir nochmal halten, bevor wir nach Walworth kommen, Chef?»

«Natürlich müssen wir.»

«Wie oft denn?»

«Immer, wenn die Leute ein- oder aussteigen wollen.» In diesem Moment trat eine Frau auf die Straße und winkte dem Fahrer mit ihrem Schirm, und dieser ließ die Pferde wieder halten.

Jems Gesicht legte sich in sorgenvolle Falten. «Mist, bei dieser Geschwindigkeit sind wir ja Weihnachten noch nich' angekommen», flüsterte er seinem Bruder zu. «Billy wird dann schon … Ich meine, dann könnte er schon … weg sein.»

«Ja, du hast Recht», sagte Ned ernst. Er zog seine Schleuder aus der Tasche und belud sie mit einem der kleinen, spitzen Steine, die er immer für den Notfall dabeihatte.

«Ziel auf das Pferd rechts», schlug Jem vor. «Das sieht feuriger aus.»

Ned hielt die Schleuder hoch, zog das Gummi nach hinten und schoss. Der erste Stein flog einen Meter am Pferd vorbei und sprang am Zylinder eines Fußgängers ab. Der zweite landete in einem Kinderwagen, und der dritte flog einem Landstreicher an die Nase.

«Oh, gib her, sonst triffst du noch jeden in London, bevor du mal das Pferd erwischst», rief Jem und wand Ned die Schleuder aus der Hand. Er schob ihn zur Seite, beugte sich über das vordere Geländer, zielte sorgfältig auf das glänzende Hinterteil des Pferdes und feuerte.

Das erschreckte Tier schlug mit angelegten Ohren und aufgerissenen Augen aus und preschte in gestrecktem Galopp voran, wobei es das andere Pferd sowie den Omnibus und sämtliche Passagiere mit sich zog, ob sie nun wollten oder nicht.

Der überraschte Kutscher zog die Zügel an und brüllte seinem Gespann zu stehen zu bleiben, doch Jem beugte sich über seine Schulter und schrie noch lauter, sodass den armen Pferden die verwirrenden Befehle «Brrr! Brrr!» und «Hüa! Hüa!», «Brrr, sage ich! Brrr!» um die Ohren wirbelten.

Dies, verbunden mit dem Hilfegeschrei der Passagiere im unteren Deck, spornte die Pferde nur zu noch schnellerem Galopp an. Sie preschten durch die engen Straßen, sodass der Bus hinter ihnen gefährlich hin und her schwankte, überrollten Straßenbuden und scheuchten Fußgänger auf, die um ihr Leben liefen.

«Und noch einer!», rief Jem, als ein Mann, der einen Kartoffelkarren vor sich herschob, unter dem Gewicht seiner Ladung in der Gosse landete. «Das is' wirklich sechs Pence wert, ehrlich!», schrie er, als die Bude eines Straßenverkäufers in sich zusammenfiel und Obst und Gemüse über die Straße rollten.

Die Spritztour nahm jedoch ein abruptes Ende, als zwei Polizisten, die den Bus auf sich zurasen sahen, mutig in die Zügel des Leitpferdes sprangen, sich daran festhielten und das Tier zum Stehen brachten.

«Gott sei Dank. Oh, danke, danke, Wachtmeister», riefen mehrere ältere Damen vom unteren Deck – zumindest diejenigen, die nicht in Ohnmacht gefallen waren oder einen Herzanfall erlitten hatten.

Als die Pferde beruhigt und angebunden waren, näherten sich die beiden Polizisten dem Kutscher, der sich immer noch im Schockzustand befand.

«Was ist passiert? Was hat sie so erschreckt?», fragten sie ihn.

Als der arme Kerl wieder sprechen konnte, deutete er mit der Peitsche auf das Oberdeck und keuchte: «Die Jungs da.»

«Lass uns verduften», drängte Ned seinen Bruder flüsternd. «Wenn wir nicht zack-zack verschwinden, landen wir wieder vor dem Friedensrichter.»

Sie hasteten die Leiter hinunter und drängten sich durch die Menschenmenge, die sich in der Hoffnung um den Bus versammelt hatte, ein oder zwei Tote zu sehen.

«Da sind sie, Wachtmeister!», rief eine Passagierin und zeigte mit dem Schirm auf Jem und Ned. «Da sind Ihre Verbrecher!»

«Haltet sie!», schrien die Polizisten. «Haltet diese Jungen!»

Hände streckten sich vor, um sie zu packen, doch Jem und Ned waren zu schnell. Wie der Wind liefen sie durch Seitenstraßen und Gassen, die Polizei dicht auf den Fersen. Doch die Männer waren nach ihrem Gerangel mit den Pferden erschöpft und gaben bald auf.

«Alles klar», sagte Jem und lehnte sich gegen einen Laternenpfahl, um wieder Luft zu bekommen, «die haben wir abgehängt.»

«Ja, und wir haben uns verlaufen», zischte Ned und krümmte sich vor Seitenstichen. «Schon wieder.»

«Sei nicht so nörgelig», fauchte Jem, als Ned sich mit

hochgezogenen Schultern schmollend abwandte. «Wir haben uns gar nich' verlaufen. Sind wir hier in Walworth, Chef?», rief er einem Mann zu, der von einem Karren Muscheln und Schnecken verkaufte.

«Das seid ihr allerdings.»

«Wo is'n der George & Dragon?»

«Geht bis zum Ende der Straße, an der Brauerei vorbei, die Hangman's Lane runter, die Dritte rechts, und dann steht ihr direkt davor.»

Zehn Minuten später waren die Jungen wieder zurück.

«Ich hab's euch doch erklärt», sagte der Muschel-und-Schnecken-Händler verärgert, «geht zum Ende der Straße, an der Brauerei vorbei, die Hangman's Lane runter, die Dritte rechts ...»

«Ja, ja, is' ja gut», sagte Jem, und sie machten sich erneut auf den Weg.

«Hier sind wir das letzte Mal falsch abgebogen», sagte Ned, als sie am Ende der Hangman's Lane standen. «Der Typ hat gesagt, die Dritte rechts, und dann stehn wir direkt davor. Aber wir sind die Dritte links gegangen und ...»

«Er hat aber Dritte links gesagt.»

«Hat er nich'.»

«Hat er – Hey, Missus!», rief Ned einer Frau zu, die auf den Knien ihre Türschwelle schrubbte. «Wissen Sie, wo der George & Dragon is'?»

«Was redest du da, Junge», sagte sie. «Jeder weiß, wo das

is'. Geht wieder zurück zur Hauptstraße, und dann steht ihr genau davor.»

«Wohnt da der Terror?»

Die Frau runzelte die Stirn. «Wieso wollt ihr das wissen?»

«Weil wir uns mit ihm treffen wollen.»

«Euch mit dem Terror treffen? Ihr müsst verrückt sein», murmelte sie. Sie warf den Jungen einen ängstlichen Blick zu, nahm ihren Eimer, eilte ins Haus und schlug die Tür zu.

·· 24 ··

Der George & Dragon war ein großer, betriebsamer Pub mit schmiedeeisernen Gaslampen über dem Eingang sowie Fenstern und Spiegeln aus Mattglas mit aufwändigen, eingeritzten Mustern. Obwohl noch früh am Abend, war der Schankraum bereits gefüllt mit einer lärmenden Menge Bier trinkender Männer und Frauen, die Jem und Ned keine Aufmerksamkeit schenkten – bis auf den Wirt.

«Ich will hier drin keine dreckigen Schornsteinfeger haben», sagte er und zog sie an den Ohren wieder hinaus auf die Straße. «In Zukunft benutzt ihr die Seitentür da drüben, und lasst euch bloß nicht mehr im Schankraum blicken, sonst sag ich's dem Terror.»

Damit ging er zurück in den Pub und wischte sich die Hände an der Schürze ab.

«Gut, dann wissen wir also, dass wir den Terror hier treffen», sagte Jem und klopfte an die Seitentür.

Eine ältere Frau, Kopf und Schultern mit einem zerrissenen Tuch vor dem scharfen Wind geschützt, murmelte Ned im Vorbeigehen etwas zu.

«Was hat die gesagt?», wollte Jem wissen.

«Sie hat gesagt: ‹Ich würd mich an eurer Stelle von hier fern halten.›»

«Blöde alte Schachtel», höhnte Jem. Doch Ned griff nach seiner Hand, bevor er noch einmal an die Tür klopfen konnte.

«Jem, sie hat Recht. Dieser Kerl da drin is' gefährlich. Wir können dabei draufgehn.»

«Lass mich!» Jem machte sich aus Neds Griff frei. «Ich bin doch nich' umsonst den ganzen Weg bis hierher gekommen.»

«Aber wenn Billy gar nich' hier is'?»

«Dann finden wir das ja bald raus, oder?»

«Aber wenn wir nich' bald zurückkommen, wird Pa ...»

«Geh doch nach Hause, wenn du willst. Ich bleib hier.»

«Ich auch.»

«Gut», sagte Jem. Dann schlug er mit der flachen Hand gegen die Tür.

Nach ein oder zwei Minuten beschwerte sich von drinnen eine schrille Stimme: «Is' ja gut, is' ja gut, ich komm ja schon. Kein Grund, die verdammte Tür einzuschlagen. Wer is'n da?»

«Ich und Ned.»

«Wer is' ich?»

«Jem.»

«Jem wer?»

«Perkinski.»

Schwere Riegel wurden zurückgeschoben, und eine Frau steckte den Kopf durch die Tür. Ihre Haare waren zu einer Masse aus schmutzigen Locken aufgetürmt, und das

Gesicht hatte sie sich stark mit Rouge und Wimperntusche geschminkt.

«Hast du eben Perkins*ki* gesagt?», fragte sie, und ihre Mundwinkel begannen spöttisch zu zucken.

«Ja.»

Daraufhin brach sie in solches Gelächter aus, dass ihr die Tränen in schwarzen Bächen die Wangen hinunterliefen. «Sehr angenehm, Mr Perkins*ki*. Mein Name is' Nell. Nell Smiths*ki*.» Woraufhin sie erneut in kreischendes Gelächter ausbrach.

«Hören Sie», zischte Jem, «wir sind nich' den ganzen Weg hergekommen, damit Sie sich wegen unserm Namen auf die Schenkel klopfen. Wir wollen den Terror sprechen.»

Sofort hörte die Frau auf zu lachen. «Der wohnt hier nich'», sagte sie und sah ihn mit kaltem, hartem Blick an.

«Hat man uns aber gesagt.»

«Na, jedenfalls is' er nich' da.»

«Schade, weil wir nämlich 'n paar Ratten für ihn hätten.»

«Ratten? Ich seh keine Ratten. Wo hast du die denn – unter deinem Hut?» Und sie schnappte sich Jems Schlapphut und schüttelte ihn.

«Wir haben massenhaft Säcke voll», sagte er, packte seinen Schlapphut und setzte ihn mit einer Geste verletzter Eitelkeit wieder auf den Kopf. «Das sind Landratten, die besten, die wir kriegen konnten. So dick wie Katzen und echt schwer. Darum konnten wir die nich' mitschleppen. Aber das machen wir, wenn der Terror sie kaufen will.»

Die Frau zögerte und kniff misstrauisch die Augen zusammen.

«Na gut», sagte sie und öffnete die Tür weit genug, damit sie hindurchschlüpfen konnten, «wartet hier. Und rührt euch nich' von der Stelle, bis ich's euch sag», fügte sie hinzu und lief eine schmale Treppe hinauf.

Die Jungen warteten in einem schmuddeligen Flur, der abgestanden und muffig roch.

«Mir gefällt's hier gar nich'.» Ned schauderte. «Das is'n gruseliger Ort.»

«Ach was, is' es nich'», sagte Jem und zog hastig seine Ärmel herunter, damit sein Bruder nicht die Gänsehaut sehen konnte, die seine Arme überzog.

«Doch», beharrte Ned. «Wie aufm Friedhof. Das is' –»

«Hört auf zu quasseln und kommt rauf, beeilt euch», rief die Frau von oben auf der Treppe. «Hört zu», flüsterte sie eindringlich, als sie die Stufen erklommen hatten, «sagt bloß nichts zum Terror über seine …» Sie tippte an ihre Nase. «Am besten guckt ihr gar nich' hin.»

«Wieso?», fragte Ned. «Was is'n mit seiner …?»

«Willst du mich noch länger warten lassen?», schnarrte eine Stimme.

«'tschuldigung, Terror, 'tschuldigung, sie kommen schon», sagte Nell nervös, und sie schob Jem und Ned vor sich her in ein kleines Zimmer.

Der einzige Lichtschein kam von einer Öllampe auf einem Tisch in der Ecke und einem schwachen Feuer, das im Kamin glühte. Rechts und links vom Feuer saßen zwei Männer. Der eine war alt, sein Körper zusammengefallen, das Gesicht verwittert und voller Falten. Weiße Haarbüschel bedeckten seine Wangen und schoben sich unter seinem abgetragenen Hut hervor. Auf seinem Schoß hockte eine große graue Ratte, die er liebevoll streichelte. Eine zweite saß ihm auf der Schulter, und zwei weitere tauchten zum Entsetzen der Jungen unter seiner Jacke auf. Der alte Mann grinste sie an, wobei er Zähne entblößte, die so scharf und gelb waren wie die der Ratten.

Der andere Mann saß mit dem Rücken zu ihnen und starrte ins Feuer.

«Terror, das hier sind Jem und Ned Perkins*ki*», sagte Nell und brach wieder in schallendes Gelächter aus. Doch als der Mann die Hand mit ungeduldiger Geste hob, verstummte sie sofort und kaute an ihrer Lippe, als wolle sie die Worte zurückbeißen, die ihn verärgert hatten.

Die Jungen warteten. Jem starrte auf den Rücken des Mannes, während Ned sich nervös im Zimmer umsah und ängstlich in die Schatten spähte. Jem öffnete den Mund, um etwas zu sagen, aber Nell stieß ihm in die Rippen und schüttelte den Kopf. Nur das Ticken der Uhr auf dem Kaminsims und das gelegentliche Rascheln der Kohlen, die im Kamin zerfielen, störten die unheimliche Stille.

Schließlich wandte sich der Terror um – wie ein Schauspieler, der hinter den Kulissen gewartet hatte, sich seiner Wirkung und seines Publikums gewiss – und gab sein Gesicht Zentimeter um Zentimeter preis.

Ned stieß einen Schrei aus und wich zurück zur Tür, wo er nach dem Griff tastete, doch Jem blieb standhaft und bemühte sich mit aller Macht, nicht das Gesicht zu verziehen oder die Angst und den Abscheu zu zeigen, die ihn überkamen. Er blickte dem Mann gerade in das tief vernarbte und pockige Gesicht, dessen dünne Lippen sich in einer ständigen Grimasse zur einen Seite verzogen hatten, in die blassen Augen ohne jegliches Gefühl und auf die zwei rotrandigen Löcher, die das Einzige darstellten, was von seiner Nase übrig geblieben war.

«Also?», sagte der Mann, und seine Stimme klang so näselnd und pfeifend, dass die Angst Jems Rücken hinauf- und hinunterlief. «Wo sind denn nun die Ratten?»

«Wir … wir haben sie nicht dabei, Chef», sagte Jem. «Wir sind bloß gekommen, um … äh, um … äh …», stammelte er und verlor die Nerven, als die Augen des Terrors sich wie Glasscherben in die seinen bohrten. «Wir sind bloß gekommen, um …»

«Aber wir gehen gleich, wenn Sie wollen», sagte Ned und presste sich so fest gegen die Tür, dass er seinen Körper beinahe hindurchdrückte.

«Ach, verstehe», johlte der Terror, und sein verformter Mund verzog sich zur grotesken Parodie eines Lächelns. «Das ist also bloß ein Anstandsbesuch, wie? Ihr seid bloß mal vorbeigekommen, um euch nach meiner Gesundheit zu erkundigen, was?»

Er blickte Nell und den alten Mann an, und die beiden lachten gehorsam.

«Ich sag euch was.» Der Terror lehnte sich vor und senkte seine Stimme zu einem bösen Flüstern. «Ich glaube, ihr führt nichts Gutes im Schilde, ihr beiden. Ich kann eine Ratte riechen», sagte er und tippte auf die beiden klaffenden Löcher unter seinen Augen.

Ned, der davon überzeugt war, dass dies ein Scherz sein sollte, ließ ein spitzes, hysterisches Lachen hören. Zu spät erkannte er seinen Fehler. Der Terror sprang mit funkelnden Augen aus seinem Stuhl und packte ihn bei den Schultern, wobei seine Finger sich tief ins Fleisch des Jungen bohrten.

«Du glaubst also, das ist witzig, wie?», schnarrte er. «Du glaubst wohl, ich bin ein Clown, was?»

Ned öffnete den Mund, doch es kam kein Laut hervor.

«Ich mag es nicht, wenn die Leute über mich lachen. Lach nie wieder über mich. Und jetzt sagt mir die Wahrheit. Wieso seid ihr hier, he? Seid ihr Spitzel? Die Polente hat euch geschickt, um mich auszuspionieren, wie? Los jetzt, spuckt es aus, oder ich werd es aus euch herauswürgen!»

«Wir … wir sind nich' hier, um Sie auszuspionieren, Chef. Ehrlich. Wir … wir sind hier, um Billy zu holen», platzte Ned heraus, bevor Jem ihn daran hindern konnte.

«Billy?» Der Terror schob sein Gesicht näher an Neds heran. «Was redest du da? Wer ist Billy?»

«Mein B… Bruder.»

«Hab noch nie von einem Billy gehört. Das erfindest du doch, wie? Du bist ein Lügner!», knurrte der Terror. «Aber ich werde dich schon zum Reden bringen.» Und er legte seine Hände um Neds Hals und drückte zu.

Ned gab einen gurgelnden Laut von sich, als ihm die Luft ausging, dann fiel sein Kopf schlaff nach vorn.

«He, lassen Sie ihn los!», rief Jem und stürzte sich mit gezückten Fäusten auf den Mann.

Mit einem wütenden Brüllen packte ihn der Terror am Kragen und schleuderte ihn und Ned so hart gegen die Wand, dass beiden die Luft wegblieb.

«Es wird euch noch leidtun, dass ihr mich auf den Arm nehmen wolltet!», brüllte er mit wutverzerrtem Gesicht. «Wenn ich mit euch fertig bin, werdet ihr euch wünschen, niemals geboren worden zu sein!»

·· 25 ··

In der Nacht des Einbruchs war es feucht und neblig.

«Perfekt!», sagte Mr Bullock, und sein finsteres Gesicht erhellte ein seltenes Lächeln. «Bei dem Wetter is' keiner draußen, und die Straßen sind hübsch ruhig.»

«Aber was is', wenn Bickerstaff auch nich' ausgeht?», fragte Dick besorgt.

«Ach, der geht bestimmt aus», sagte Pete. «Den hält nichts zu Hause, noch nich' mal 'ne Erbsensuppe. Der muss doch überall dabei sein, der alte Bickerstaff», kicherte er. «Das is' 'n richtiger Weiberheld.»

Noch erfreuter war Mr Bullock bei ihrer Ankunft in Holborn von der Entdeckung, dass eine der Gaslampen in der Nähe des Hauses nicht funktionierte, sodass das Ende der Straße in Dunkelheit getaucht war.

«Heute is' das Glück mal auf unserer Seite», sagte er, als er Pferd und Wagen um die Ecke abstellte, abseits von misstrauischen Blicken.

Pete, der vorausgeschickt worden war, berichtete, dass alles nach Plan verlief.

«Bickerstaff is' wie immer nachm Essen losgezogen, und Mrs Osborne und die Mädchen sind schon im Bett. Ich hab sie nach oben in ihre Mansardenzimmer gehen sehn und die Kerzen sind schon vor 'ner ganzen Zeit ausgeblasen worden. Das Holzbein dreht seine Runden, aber sein Hexenschuss macht ihm offenbar zu schaffen, weil er noch mehr humpelt als sonst. Wenn ihr mich fragt», sagte er hochnäsig, «dann is' er einfach zu alt für den Job. Der holt noch nich' mal mehr 'ne Schnecke auf Krücken ein.»

«Na, ich schätze, das wird 'n Sonntagsspaziergang», sagte Mr Bullock, «falls keiner hier wieder alles verpfuscht», fügte er hinzu und warf Billy einen bedeutenden Blick zu.

«Machen Sie sich keine Sorgen, Mr B, Billy macht das schon. Er weiß, was er zu tun hat, stimmt's, Steppke?», sagte Pete.

«Ja, ich versteck mich hinterm Zaun, und wenn ich was Verdächtiges sehe, wenn zum Beispiel Mr Bigglestuff früher nach Hause kommt, dann mache ich einmal laut miau und …»

«Nee, nee, nicht laut, du Dussel. Nur ein hübsches, normales Miau.»

«Dann mach ich einmal hübsch und normal miau», verbesserte sich Billy. «Und wenn wir abdampfen wollen, dann mache ich zweimal laut – ich meine zweimal hübsch und normal miau.»

«Und das vermasselst du lieber nich'», sagte der Schornsteinfeger. «Wenn wir nämlich geschnappt werden und vor dem Friedensrichter landen, dann heißt das Galgen für mich und Zwangsarbeit für euch.»

Die Jungen machten es sich im Wagen bequem und warteten, bis alle Lichter in den Häusern der Straße gelöscht waren und alle Bewohner in ihren Betten lagen. Billy, Dick und Harry schliefen fest unter den rußigen Säcken, aber Mr Bullock war zu nervös, um sich zu entspannen. Er zündete seine Pfeife an und ging auf und ab; hin und wieder beruhigte er das Pferd, das den Kopf hochwarf und ungeduldig aufstampfte.

Pete, der das Haus ausgespäht hatte, kehrte kurz vor Mitternacht zurück und gab bekannt, dass die Zeit reif wäre, um anzufangen.

«Gut.» Mr Bullock nickte. «Hier kommt das Holzbein und hinkt immer noch», bemerkte er befriedigt, als der Polizist um die Ecke bog.

Der Schornsteinfeger zog seine Taschenuhr heraus und wartete, bis der Mann um die andere Ecke verschwunden war.

«Also!», sagte er. «Wir haben genau zehn Minuten, bevor das alte Holzbein wieder zurückkommt. Los geht's, Jungs!»

Und die vier schlichen sich die Straße hinunter zum Haus des Anwalts und ließen Harry mit dem Pferdewagen zurück.

Mr Bullock, Dick und Pete versicherten sich nach links und rechts, dass niemand sie beobachtete, und liefen dann die Außentreppe hinab zum Keller, während Billy sich hinter den Zaun kauerte.

Schnell arbeitete Mr Bullock an der Küchentür. Pete öffnete den Werkzeugsack und reichte ihm die Geräte, ohne dass man ihn darum bitten musste: ein viereckiges Stück Holz mit Griff, das Mr Bullock über die Glasscheibe nahe dem Türgriff legte, und ein scharfes Messer, womit er um das Holz schnitt und das Glas herausholte. Dann steckte er die Hand durch das Loch, zog die Riegel zurück und öffnete die Tür. Innerhalb von Sekunden waren er und die Jungen im Haus.

Billy schob den Kopf durch den Zaun und blickte die Straße hinauf und hinunter. Nichts rührte sich. Ihm kam der Gedanke, dass dies ein guter Augenblick zur Flucht sein könnte. Doch im nächsten Moment ließ er die Idee wieder fallen. Wo lag Devil's Acre? In welche Richtung sollte er laufen? Und bestimmt würde Mr Bullock ihn wieder einfangen ... Er schauderte bei dem Gedanken an die Strafe, die ihm dann blühen würde.

«Pa ...», seufzte er. «Ma ...»

Der Gedanke an sie trieb ihm die Tränen in die Augen, und er wischte sie hastig fort, falls jemand ihn sehen würde.

Um sich die Zeit zu vertreiben, bis Mr Bullock und die Jungen mit ihrer Arbeit fertig waren, summte sich Billy unmelodisch durch alle Lieder, die er kannte, genau genommen drei, und wiederholte jedes Schimpfwort, das er je gehört hatte, was eine sehr viel größere Zahl darstellte. Doch nach einer Weile begann er sich zu langweilen und wurde zappelig.

Etwas aufregender wurde es, als Spooner zurückkehrte.

Er stöhnte bei jedem Schritt. Billy wich zurück in die Schatten und hielt den Atem an. Doch als der Polizist wieder gegangen war, setzte erneut Langeweile ein.

Billy gähnte.

Spooner humpelte ein zweites Mal vorbei.

Und ein drittes Mal.

Halt die ganze Zeit die Augen offen, Billy ..., klang Petes Warnung in seinen Ohren.

«Ich muss wach bleiben», sagte er zu sich selbst und gähnte wieder. «Ich muss.» Und er lehnte den Kopf gegen den Zaun, schloss die Augen und schlief ein.

·· 26 ··

Jem und Ned wurden in einen kalten, dunklen Kellerraum unter dem George & Dragon geworfen, dessen Wände vor Schimmel schillerten und dessen Decke Girlanden aus Spinnweben verzierten. Hunderte schwarzer, schmieriger Säcke türmten sich vom Boden bis zur Decke, und die abgestandene Luft war schwer vom Gestank nach Ruß.

«Der Typ is' verrückt», flüsterte Ned und griff sich an seinen gequälten Hals. «Der is' komplett durchgeknallt. Und wir genauso, weil wir hierher gekommen sind.»

«Jetzt fang nich' wieder damit an», knurrte Jem. «Wir wollten hierher, um Billy zu finden, und –»

«Und das werden wir nich' schaffen. Du hast gehört, was Gran gesagt hat, der Terror klaut Kinder wie ihn von der Straße und schmeißt sie in'n Fluss.»

«Erst wenn sie zu groß für 'n Schornstein sind. Aber Billy is' immer noch klein. Genau richtig für 'n Schornsteinfeger. Außerdem hat Gran gesagt, dass er noch lebt.»

«Ja, als sie in diese Kugel gekuckt hat. Das heißt nich', dass er immer noch lebt.»

«Mann, Ned», rief Jem aus, «du bist so 'n Miesepeter.»

«Bin ich nich'. Ich glaub bloß, dass wir hier umsonst suchen.»

«Na, ich werde Billy finden, du wirst schon sehn! Ich muss bloß erst mal hier raus und –»

«Ach ja? Und wie willst du das anstellen? Hier gibt's nur eine Tür, und die hat ungefähr fünfzig Riegel. Vergiss es, Jem, weder du noch ich werden hier je rauskommen. Wir sind erledigt. Wir – Oh Mann!»

«Was? Was is' mit dir los?»

«Da in der Ecke. Da bewegt sich was.»

«Wahrscheinlich 'ne Ratte oder 'ne Spinne.» Jem blickte zu den riesenhaften Spinnweben hinauf, die wie schmutzige Spitze von der Decke hingen. «Guck dir die an», sagte er und zeigte nach oben. «So groß wie 'n Wagenrad. Schätze, ihre Beine sind dicker als –»

«Halt doch die Klappe!», bellte Ned und schlug seinen Kragen hoch. «Das war keine Spinne. Da is' was unter den Säcken, irgendwas Großes.»

«Dann gehst du am besten rüber und kuckst nach.»

«Ich? Wieso ich?»

«Weil du was gesehen hast.»

«Nee.» Ned wich erschrocken zurück. «Nee, ich hab ... äh ... ich hab dich bloß aufn Arm genommen. Ich hab ...»

«He, du hast Recht, da is' was», rief Jem und machte einen Schritt vor. «Ich hab gesehen, wie's sich bewegt hat. Du gehst auf die Seite, Ned, und ich auf die andere, und dann –»

«Tut mir nichts», rief eine hohe Stimme. «Bitte.»

«Hört sich wie 'n Steppke an», flüsterte Ned.

«Komm da raus», sagte Jem.

«Tut mir nich' weh», bat die Stimme. «Ich hab nichts Böses getan. Bitte nich' …»

«'türlich tun wir dir nichts», sagte Jem.

«Versprochen?

«Ja, versprochen. Komm raus, damit wir dich richtig sehen können.»

Ganz langsam teilten sich die Säcke, und ein kleiner Junge kroch hervor. Er war nicht viel älter als Billy, aber sein Gesicht war abgezehrt und sein Körper gebeugt vor Müdigkeit und Hunger.

«Wer bist'n du?», wollte Jem wissen.

Der Junge blickte ihn ängstlich aus Augen an, die tief in ihre geröteten Höhlen gesunken waren. «Alfie», flüsterte er.

«Was machst du hier, Alfie?»

«Ich arbeite für den Terror.»

«Bist du 'n Schornsteinfeger?»

«War ich mal. Aber dann bin ich 'nen Schornstein runtergefallen und hab mir doll wehgetan, und jetzt kann ich das nich' mehr machen, also arbeite ich jetzt im Pub.»

«Was, du schleppst Bier?»

«Nee, ich mach sauber. Ich muss richtig früh oben sein und die Kamine fegen und Feuer anmachen und die Mülleimer ausleeren und Wasser holen und Betten machen und Stiefel putzen und den Fußboden schrubben und die Wäsche machen und mangeln und bügeln und –»

«Ich fass es nich'», rief Ned, «du musst ja völlig fertig sein, so klein wie du bist.»

Der Junge nickte. «Aber ich hab Glück, weil ich noch am Leben bin. Hier waren schon massenhaft Jungs, aber wenn sie zu groß werden, um in den Schornstein zu passen, dann kommt der Terror und …» Er machte eine kurze Bewegung mit dem Handrücken, als würde er jemandem den Kopf abschlagen.

«Mann!», schauderte Ned.

«Wie lange bist du denn schon hier, Alfie?», fragte Jem.

«Weiß nich'.» Der Junge zuckte die Schultern. «Ewigkeiten. Mein Papa hat mit seinem Bauchladen Kuchen verkauft, und ich bin immer neben ihm gegangen und hab gerufen: ‹Geleetörtchen! Windbeutel! Apfelkuchen! Hackpastete! Kekse!› Aber an einem Tag war's richtig heiß, und mein Papa hat mich zur Wasserpumpe geschickt, damit ich ihm was zu trinken hole, aber auf dem Rückweg hab ich mich verlaufen. Ich bin die eine Straße rauf und die andere wieder runter, aber ich konnte ihn nirgends finden, und dann wurde es dunkel, also hab ich mich in 'nem Türeingang hingehauen. Und am nächsten Morgen kam so 'n feiner Pinkel und hat gesagt, er würde mir alle Fressalien bringen, die ich nur wollte, wenn ich mit ihm nach Hause komme, und ich hatte wirklich Hunger, darum …» Eine Träne stahl sich aus seinem Auge und wanderte langsam seine schmutzige Wange hinunter. «Nachher hab ich rausgefunden, dass der feine Pinkel für den Terror arbeitet. Er zieht durch ganz London und sucht nach Kindern, verspricht ihnen 'n warmes Bett und so viel Fressalien, wie sie essen können, und dann bringt er sie» – mit bitterer Miene blickte er sich in dem trostlosen Kellerraum um – «hierher. Hat er euch auch so erwischt?»

«Nee», sagte Jem. «Wir sind von selbst hergekommen.»

Alfie starrte sie ungläubig an. «Mann, ihr müsst völlig hohlköpfig sein, dass ihr euch freiwillig mit dem Terror abgebt», sagte er. «Jeder, der nur 'n bisschen denken kann, wär 'ne Meile in die andere Richtung gelaufen.»

Es war nur gut, dass Jem versprochen hatte, dem kleinen Jungen nichts zu tun, denn üblicherweise neigte er dazu, jeden niederzuschlagen, der ihn beleidigte. Also schluckte er hart und sagte: «Ja ... also, wir suchen nach unserem Bruder Billy.»

«Billy?» Alfie schüttelte den Kopf. «Ich kenn keinen, der Billy heißt. Warum glaubt ihr, dass er hier is'?»

«Weil Gran gesagt hat ...», begann Ned. Aber Jem schnitt ihm das Wort ab. Er hatte das bestimmte Gefühl, dass die Geschichte von ihrer Großmutter, die Geister beschwören und in Kristallkugeln die Zukunft sehen konnte, Alfie nur zu weiteren beleidigenden Äußerungen verleiten könnte, und dann würde es schwierig werden, seine Fäuste von den Zähnen des kleinen Jungen fern zu halten.

«Weil wir rausgefunden haben, dass Billy 'n Schornsteinfeger is', also dachten wir, er würde für den Terror arbeiten», sagte er. «Aber da er nun mal nich' hier is', können wir genauso gut wieder verschwinden.»

«Verschwinden?» Alfie runzelte die Stirn. «Wohin denn?»

«Billy suchen, natürlich.»

«Aber ihr könnt hier nich' raus.»

«Klar können wir. Ich bin schon aus schlimmeren Orten rausgekommen», behauptete Jem hartnäckig.

«Also, hier kommt ihr nie lebendig raus. Wie wollt ihr denn zum Beispiel an Samson und Delilah vorbeikommen?»

«An wem?»

«An den Hunden vom Terror. Habt ihr die nich' gesehen? Die sind so groß wie Tiger», sagte Alfie mit weit aufgerissenen Augen. «Und die haben solche Zähne ...» Er spreizte Daumen und Zeigefinger weit. «Der Terror hat sie zu fiesen Kampfhunden abgerichtet. Die reißen dir das Bein ab, wenn sie dich nur sehen. Ich hab einmal versucht abzuhauen. Bin bis zur Ecke gekommen, aber Samson is' hinter mir her und ...» Er schob seinen Ärmel hoch und zeigte ihnen eine hässliche Narbe, die seine Haut vom Ellenbogen bis zur Schulter verunstaltete. «Der Terror hat ihn zurückgerufen, aber er hat gesagt, wenn ich das nochmal versuche, dann lässt er mich vom Hund auffressen.»

Eine zweite Träne folgte der ersten auf dem Weg über Alfies Wange.

«Mann», murmelte Ned bestürzt. «Diesmal haben wir's ganz schön verbockt, Jem, ehrlich.»

«Klappe, du Hosenschisser», zischte Jem. «Noch sind wir ja nich' tot. Wer is'n der alte Knacker, der beim Terror arbeitet?», wollte er von Alfie wissen. «Dieser komische Kauz, dem die Ratten überall drüber laufen?»

«Das is' Jack Black. Der war mal Rattenfänger bei der Königin.» Die Brüder kicherten. *«Ehrlich»*, protestierte Alfie. «Aber jetzt passt er für den Terror auf die Ratten auf. Die sind in 'nem Keller hier unten, Hunderte davon», sagte er schaudernd. «Manchmal, wenn der alte Jack reingeht und sie füttert, dann quieken die alle, dass einem die Haare zu Berge stehen. Manchmal frag ich mich, was passiert, wenn die mal rauskommen.»

«Hör bloß auf!», murmelte Ned.

«Hast du etwa Schiss?», fragte Jem.

«'türlich nich'.»

«Warum klappern dir dann die Zähne?»

«Tun sie gar nich'. Außerdem liegt das daran, dass ich gleich erfrier. Hier drin is' es verdammt kalt.»

«Das Beste gegen die Kälte is', sich dicht nebeneinander zu legen», schlug Alfie vor. «Das haben mein Papa und ich immer gemacht. Papa hat sich um mich rumgelegt, und dann hatten wir's so warm wie im Ofen.»

Es gab eine Menge Diskussionen darüber, wer wo schlafen sollte, doch schließlich einigten sie sich darauf, dass Alfie als der Kleinste in der Mitte liegen durfte. Sie legten sich hin, pressten ihre Körper dicht aneinander und umarmten sich, um sich zu wärmen. Doch der Schlaf wollte nicht kommen.

«Kannst du nich' mal aufhören, dich zu kratzen?», beschwerte sich Jem.

«Das sind diese vermaledeiten Flöhe. Ich hab massenweise, und die beißen mich wie verrückt», sagte Ned. «Aber du könntest mal aufhören, mir in den Nacken zu husten und zu schnauben.»

«Das is' der Ruß. Der steigt mir in die Nase. Ich krieg kaum Luft. Und hör auf zu zappeln, Alfie», knurrte Jem. «Du hast mir schon zweimal den Ellenbogen in die Rippen gestoßen.»

Doch trotz der Kälte und des harten Fußbodens, trotz der Spinnen, die ihnen über das Gesicht liefen, und trotz der Flöhe, Wanzen und Läuse, die sie mitleidslos bissen, schliefen die drei Jungen schließlich aneinander gedrückt wie ein Satz Löffel ein.

·· 27 ··

Billy wurde von einem Geräusch aus dem Schlaf gerissen. Gähnend schob er den Kopf durch den Zaun und spähte schläfrig die Straße auf und ab. Plötzlich spannte er alle Muskeln an. Zwei Männer und ein Junge kamen auf ihn zu. Ihre Bewegungen waren so verstohlen, dass sie bestimmt verdächtig sein mussten.

Gib uns erst dann das Warnsignal, wenn du ganz sicher bist, dass was im Gange is', hatte Pete gesagt.

Also wartete Billy.

Als die drei Mr Bickerstaffs Haus erreicht hatten, hielten sie an und unterhielten sich einen Augenblick flüsternd. Dann schlichen sich die Männer die Außentreppe hinab, während der Junge Stellung vor dem Zaun bezog, sich niederkauerte und die Straße auf und ab blickte, genau wie Billy es getan hatte.

Billy wurde wütend. «He!», zischte er, schob seinen Fuß durch den Zaun und gab dem Jungen einen solchen Tritt in die Kehrseite, dass dieser eine Bauchlandung auf die Straße machte. «Rutsch gefälligst rüber, du verdeckst mir die Sicht!»

Der Junge schrie laut auf.

«Was is' los?», fragten die beiden Männer flüsternd und sprangen die Treppe hinauf. «Alles klar, Fred?»

«Da is' wer drin.» Der Junge deutete auf die Stelle, wo Billy sich in den Schatten niederkauerte. «Er hat mir grade in den Hintern getreten.»

Eine Hand streckte sich aus und packte Billy.

«Lass los!», schrie er.

«Halt die Klappe, du kleines Biest!», zischte der Mann und zerrte Billy aus seinem Versteck.

Da sein Versteck nun entdeckt worden war, stieß Billy ein lautes «Miau!» aus, um Mr Bullock und die Jungen zu warnen.

«Klappe, hab ich gesagt!» Der Mann schlug Billy eine Hand auf den Mund. «Sei ruhig oder ich ... Aaaauuu-aaaa!», schrie er, als Billys Zähne sich in seinen Handballen gruben.

«Miau! Miau! Miau!», jodelte Billy, bis es sich anhörte, als würde ein Dutzend blutrünstiger Kater aufeinander losgehen. «Miau! Miau! Miau!»

In allen Häusern gingen die Lichter an. Fenster öffneten sich. Wütende Gesichter erschienen.

«Das geht zu weit!», rief eine verärgerte Stimme. «Jemand sollte diese elenden Tiere endlich verscheuchen.»

«Ich werde sie mir vorknöpfen, Madam, nur keine Sorge», antwortete ein älterer Mann, der im Fenster des gegenüberliegenden Hauses auftauchte. Er legte sein Gewehr an und feuerte wild in alle Richtungen.

«Siehst du, was du angerichtet hast?», zischte der Mann

in Billys Ohr. «Du hast die ganze Straße mit diesem blödsinnigen Geschrei aufgeweckt.»

«Miaaaaauuu!», machte Billy.

«Was für eine Katzenmusik!», rief eine schrille Stimme aus dem Mansardenfenster in Mr Bickerstaffs Haus. «Aber das hier wird sie verjagen.»

Im nächsten Moment prasselte eine Eimerfüllung mit eiskaltem Wasser auf Billys Kopf.

«Verflucht!», rief er erschrocken.

«Das können keine Katzen sein, Mrs Osborne», sagte eines der Dienstmädchen.

«Natürlich sind es welche, Mädchen.»

«Na, dann war es eben 'ne Katze, die gerade ‹verflucht› gesagt hat.»

«Wasch dir den Mund mit Wasser und Seife aus, Lucy», schimpfte die Haushälterin. «Was für eine ungehörige Sprache. So etwas habe ich ja noch nie gehört.»

Die Küchentür öffnete sich, und Mr Bullock, Pete und Dick hasteten die Treppe hinauf, während Harry im gleichen Moment mit Pferd und Wagen um die Ecke galoppierte.

Es schien einige Unstimmigkeiten zwischen den Jungen und den neu angekommenen Einbrechern über die Zuständigkeiten in diesem Viertel zu geben, und die beiden Parteien gingen schließlich mit Fäusten und Stiefeln aufeinander los, während Mrs Osborne und die Dienstmädchen eimerweise Wasser über sie gossen, die Nachbarn schrien, der alte Herr mit seinem Gewehr auf alles feuerte, was sich bewegte, Babys weinten, Hunde bellten und Billy mit offenem Mund zuschaute.

Schließlich hörte man jemanden «Polente» rufen. Zwei Polizisten liefen mit wirbelnden Klappern auf sie zu, und die streitenden Einbrecher nahmen die Beine in die Hand. Als Billy erkannte, dass Mr Bullock und die Jungen anderweitig beschäftigt waren, beschloss er die Gelegenheit zur Flucht zu ergreifen. So schnell er konnte, schoss er die Straße hinab.

«Da läuft einer von ihnen!», riefen ihm Stimmen hinterher. «Haltet ihn! Haltet den Dieb!»

An der Ecke drehte er sich kurz um und blickte zurück. Zu seiner Erleichterung wurde er nicht verfolgt. Die Polizisten hatten im Handgemenge mit den Einbrechern den Kürzeren gezogen und lagen stöhnend und sich den Kopf haltend auf der Straße. Und von Mr Bullock und den Jungen war nichts zu sehen.

Billy war traurig, dass er Pete und Dick und Harry nie wieder sehen würde. Und er würde Clem vermissen. Aber was ihren Vater betraf …

«Verpfeif dich!», rief er. Und machte eine sehr unfeine Handbewegung.

·· 28 ··

Mr Bullock fuhr durch die dunklen Straßen, als wären ihm die Höllenhunde auf den Fersen. Immer wieder schrie er Dolly zu: «Hüa, du faule Mähre! Schneller! Los, du verdammter Gaul, schneller!», und schlug ihr mit der Peitsche hart auf den Rücken.

Die Stute wieherte ängstlich, schlitterte und stolperte über das nasse Kopfsteinpflaster und fiel beinahe hin.

Pete sah mit wachsender Besorgnis zu, bis er es schließlich nicht mehr aushalten konnte. Er nahm sich ein Herz und sagte: «Sei'n Sie nich' so hart mit ihr, Chef. Sie is' alt und 'n bisschen klapprig.»

«Und wenn sie dabei draufgeht!», schrie der Meister und peitschte erneut auf sie ein. «Wir müssen schnell zu Hause sein, sonst haben wir die Polente aufm Hals.»

Als er endlich vor dem Haus anhielt, war Dolly schweißbedeckt und hatte Schaum vor dem Maul. Pete sprang aus dem Wagen, spannte sie schnell aus und führte sie in einen kleinen, behelfsmäßigen Stall, wo er sie abrieb, ihr eine Decke überwarf und ihr ein bisschen Wasser gab, während er die ganze Zeit beruhigend auf sie einsprach.

Mr Bullock drängte Dick und Harry ins Haus und verriegelte die Tür.

«Was ist passiert, Liebling?», rief seine Frau und fiel vor Aufregung beinahe die Treppe hinunter.

«Was passiert is'? Was passiert is'?», bellte der Schornsteinfeger, dessen Schreck sich in Wut verwandelt hatte. «Fast wär ich geschnappt worden, das is' passiert! Dein Mann wär beinah am Galgen gelandet, das is' passiert!»

Clem, die ihrer Mutter die Treppe hinunter gefolgt war, humpelte mit vor Angst verzerrtem Gesicht auf ihn zu. «Oh Papa, nein!», rief sie.

«Es is' alles gut, meine Prinzessin. Mach dir keine Sorgen», sagte er, umschlang sie mit den Armen und wiegte sie sanft. «Dein alter Vater is' zu dir zurückgekommen. Dein alter Vater is' jetzt in Sicherheit.»

«Aber was –?», begann seine Frau.

«Psst!» Er legte den Finger an die Lippen und deutete auf Clem, die den Kopf an seinen Hals gelegt hatte. «Ich erzähl's dir später», flüsterte er. «Jetzt gehn wir lieber alle ins Bett. Ich bin völlig erledigt. Ich –»

Er wurde von einem lauten und drängenden Klopfen an der Tür unterbrochen.

«Das sind sie!», keuchte Mrs Bullock und umklammerte den Arm ihres Mannes. «Die Polente! Die kommen wegen dir! Die –»

«Jetzt dreh nich' durch, das is' unser geheimes Klopfzeichen.» Er stieß ein nervöses Lachen aus. «Das is' Pete. Ich muss ihn ausgeschlossen haben.»

«Papa, wo ist Billy?», fragte Clem, als Pete hereinkam. Er

stampfte mit den Füßen auf und rieb sich die erfrorenen Hände, damit sie wieder warm wurden.

«Ich weiß es nich', und es is' mir auch egal», knurrte der Schornsteinfeger.

«Aber –»

«Clem, wenn du deinen alten Vater liebst, dann wirst du den Namen von diesem kleinen Mistkerl in diesem Haus nich' mehr in den Mund nehmen. Und das gilt auch für euch», bellte er die Jungen an, die nebeneinander standen und schweigend zu Boden starrten. «Wenn ich euch einmal Bi… diesen Namen sagen hör, dann vertrimm ich euch den Hintern so fest, dass ihr eine Woche lang nich' mehr sitzen könnt. Is' das klar?»

Die drei Jungen nickten.

«Na gut. Ich geh ins Bett.» Und langsam, bei jedem Schritt stöhnend, erklomm er die Treppen, denn die Polizisten hatte ihm mit ihren Stöcken ein paar kräftige Schläge erteilt, bevor sie wiederum von ihm verprügelt worden waren.

Als die Bullocks zu Bett gegangen waren, rollten sich die Jungen so dicht sie es wagten vor dem Feuer zusammen. Dick und Harry schrien im Schlaf auf, als sie die Schrecken in Holborn noch einmal im Traum durchlebten, doch Pete schlief tief und fest, bis er geweckt wurde, weil ihn jemand am Arm zog.

«Was zum –?» Er sprang auf.

«Psst!»

«Clem? Was machst du denn hier unten?», flüsterte er. «Wenn dein Vater –»

«Er schläft fest … Pete, wo is' Du-weißt-schon-wer?»

«Keine Ahnung. Wir haben ihn vorm Haus vom alten Bickerstaff gelassen, damit er aufpasst, und dann sind 'n paar andere Einbrecher gekommen, und er hat angefangen zu miauen. Aber anstatt uns zwei normale Miaus zu geben, wie du's ihm beigebracht hattest, hat er losmiaut wie 'n Verrückter. Ich glaub, halb London hat ihn gehört. Würd mich nich' überraschen, wenn die alte Vicky im Buckingham-Palast davon aufgewacht is'. Dann is' natürlich die Polente gekommen – ich sag dir, das alte Holzbein kann richtig rennen, wenn er muss», fügte er bewundernd hinzu.

«Aber was ist mit Du-weißt-schon-wem?»

«Ich und die Jungs und Mr B sind alle zum Wagen gerannt, aber er is' in die andere Richtung abgehaun.»

«Der arme kleine Steppke», rief Clem, «er wird sich verlaufen. Und solche Angst haben.»

«Na, da hat er ja nu' selber Schuld.»

«Wir müssen ihn finden, Pete.»

«Was?»

«Weißt du, wo seine Familie wohnt?»

«Nee … Doch, er hat gesagt, irgendwo in der Nähe vom Fluss.»

«Himmel», spottete Clem, «jeder in London wohnt irgendwo in der Nähe vom Fluss, du Dussel.»

«Warte mal, ich hab's gleich wieder. Er hat gesagt, er wohnt direkt bei 'ner Kirche.»

«Oh, na ja, das is' ja einfach. Es gibt ja nur ungefähr hundert Kirchen in dieser Stadt.»

«Aber es war keine normale Kirche, Clem. Es war 'ne große, 'ne richtig große. Der Name liegt mir auf der Zunge ... Irgendwas mit Abbey.»

«St Paul's?»

«Das war's ... glaub ich.»

«Gut, dann lass uns gehen.»

«Clem, hast du eigentlich 'ne Meise? Bi... ich meine Du-weißt-schon-wer kann überall sein. Das is' wie 'ne Nadel im –»

«Aber wir müssen es versuchen.»

«Wir können ja gar nich' so weit laufen.»

«Wir laufen nicht. Wir fahren mit dem Pferdekarren.»

«Aber dein Vater ...»

«Morgen is' Sonntag, oder? Er wird den ganzen Vormittag schlafen, und wenn er aufsteht, sind wir schon wieder da.»

«Aber –»

«Du brauchst ja nich' mitzukommen, wenn du nich' willst. Ich kann den Wagen auch allein fahren.»

«Du kannst nich' allein fahren. Du bist 'n Mädchen.»

Zu spät erkannte Pete seinen Fehler. Clem richtete sich auf und humpelte empört zur Tür.

«Clem, warte!» Pete lief ihr nach. «Ich geh ja mit dir.»

«Nee, lass mal. Du brauchst nich' mit 'nem Mädchen zu gehen», sagte sie mit zornesbebender Stimme.

«Tut mir leid, Clem. Ich hab bloß gedacht ... Na ja, es is' ja nich' einfach für dich ... ich meine ...»

«Du meinst, weil ich 'n Klumpfuß hab», fuhr sie ihn an und stemmte die Hände in die Hüften. «Du glaubst, ich kann nichts allein machen, nur weil ich 'n Mädchen bin und 'n Krüppel.»

Pete errötete und ließ den Kopf hängen.

«Ich kann wohl nichts richtig sagen, oder?», murmelte er. «Ich hab nichts gegen Mädchen, ehrlich. Meine Mama war auch eins – na ja, zumindest als sie klein war –, und sie war die beste Braut, die's nur gab. Aber ich ...» Er zögerte. «Ich will nich', dass dir jemand wehtut.»

Clem starrte ihn einen Augenblick unschlüssig an, ob sie wütend darüber sein sollte, dass er der Meinung war, sie könne nicht auf sich allein aufpassen, oder sich darüber freuen sollte, dass er auf sie aufpassen wollte. Dann legte sie ihre Hand auf seinen Arm und sagte: «Komm, lass uns Du-weißt-schon-wen finden.»

·· 29 ··

Jem wachte kurz vor Morgengrauen auf.

Der Nebel hatte sich endlich gelichtet, und der Vollmond segelte wie ein riesiger Schneeball träge über den Himmel. Sein Licht durchdrang das rußbedeckte Kellerfenster der Jungen und tauchte alles in ein übersinnliches Licht – die schleimigen Wände und fettigen Säcke und fadendicken Spinnweben. Ned schlief mit offenem Mund fest auf dem Rücken, doch Alfie saß im Schneidersitz auf dem Fußboden und schluchzte leise vor sich hin.

Jem stützte sich zitternd auf den Ellenbogen und fragte sich, wo er war.

«Alfie?», flüsterte er blinzelnd und rieb sich die Augen. «Weshalb weinst du?»

«Wegen meinem Papa.»

«Was is'n mit deinem Papa?»

«Nichts.»

«Warum heulst du dann?»

«Weil ich ihn nie wieder sehn werde.»

«'türlich wirst du das. Und deine Ma auch.»

«Nee, werd ich nich'. Meine Ma is' gestorben, bevor ich geboren wurde.»

«Na, und was is' mit deinen Geschwistern?»

«Hab keine.»

«Mann, dann bringen wir dich wohl am besten wieder zu deinem Papa.»

«Wie denn?» Alfie hob den Kopf und blickte ihn aus seinen verweinten Augen hoffnungsvoll an.

«Ich denk mir schon was aus», murmelte Jem. «He, da kommt jemand.»

«Das is' bestimmt Nell mit unserm Essen», flüsterte Alfie. «Nell is' manchmal noch schlimmer als der Terror, vor allem wenn sie schlechte Laune hat. Sag nichts, was sie ärgert. Gar nichts.»

Die Jungen hörten, wie die Riegel zurückgezogen wurden, und dann kam die Frau mit einem Krug Wasser in der einen Hand und ein paar alten Brotrinden in der anderen herein.

«Ich hab was für euch, meine kleinen Schätzchen, hier is' euer Frühstück», sagte sie und warf das Brot auf den schmutzigen Fußboden. «Obwohl ich wirklich nich' weiß, warum ich euch bedienen muss. Ich bin schließlich nich' euer verdammtes Dienstmädchen.»

Ned streckte gierig die Hand aus, aber Nell stieß sie mit dem Fuß weg.

«Das is' nich' für dich, Mr Perkins*ki*», zischte sie. «Das is' für Leute, die dafür gearbeitet haben. Außerdem brauchst du nichts zu essen.» Sie griff nach Neds Arm und bohrte ihre langen Fingernägel in sein Fleisch. «Du hast noch 'ne Menge gutes Fleisch an dir, wie man merkt.»

Ned begann heftig zu zittern.

«Hach, Gottchen, kuck mal, wie der zittert!» Nell brüllte vor Lachen. «Hast du Angst, mein Häschen? Wird dir schon ganz heiß? Hier hast du was zum Abkühlen.» Und sie leerte den Krug mit eiskaltem Wasser über seinem Kopf aus.

«Wenn ihr Durst habt», sagte sie und bog sich dabei vor Lachen, «dann müsst ihr ihn ablecken.»

«Aber ich will Wasser», jammerte Alfie.

«Halt die Klappe!» Nells Laune wandelte sich abrupt, und sie schlug ihn so fest, dass er auf den Boden fiel. «Und ihr beiden», sie winkte Jem und Ned zu sich, «kommt mit mir. Der Terror will euch sehen.»

«Nee, wir … wir wollen nich' … ich meine, wir können hier nich' bleiben, weil wir … weil wir nach Hause müssen. Unsere Eltern warten auf uns», stammelte Jem.

Nell schob die Hände in die Hüften und starrte ihn ungläubig an. *«Was – hast – du – gesagt?»*

Alfie kniff die Augen zusammen und bedeckte die Ohren mit den Händen.

«Er hat gar nichts gesagt», flüsterte Ned. «Stimmt's?», und er stieß seinen Bruder an.

«Nee, nichts», murmelte Jem.

«Na, da bin ich aber froh», höhnte Nell. «Und jetzt Abmarsch!»

·· 30 ··

«Sag nichts, was ihn wütend macht, Jem», flüsterte Ned, als sie die enge Treppe hinaufstolperten, während Nell hinter ihnen vor sich hin fluchte. «Und kuck nich' auf seine ...» Er tippte sich an die Nase.

Der Terror saß mit ausgestreckten Beinen in einem Lehnstuhl. Neben ihm auf dem Tisch stand ein Glas mit Gin und heißem Wasser, und an seinem Stuhlbein waren zwei große Mischlingshunde angekettet. Er hatte viel getrunken, und sein Gesicht war in diesem Zustand sogar noch abscheulicher: Die Augen funkelten noch kälter, sein deformierter Mund zog sich noch mehr zur Seite, die klaffenden Löcher, wo seine Nase hätte sein sollen, wirkten noch höhlenartiger.

Auf der anderen Seite des Feuers saß der alte Jack und schlief, während sich zwei oder drei Ratten zufrieden in seinem Schoß zusammengerollt hatten.

«Also? Seid ihr mittlerweile zur Vernunft gekommen, meine Herren?», wollte der Terror wissen, als Nell Jem und Ned ins Zimmer geschoben hatte. «Werdet ihr mir jetzt sagen, was ihr hier wollt? Die Wahrheit, verstanden? Ich will keine Märchen mehr hören, sonst hetze ich die Hunde auf euch.»

Samson und Delilah rührten sich und knurrten.

«Noch nicht, meine Hübschen», schnarrte der Terror mit böser Stimme. «Gebt diesen jungen Herren noch die Gelegenheit, sich zu erklären … Also?» Er lehnte sich in seinem Stuhl zurück und nahm einen tiefen Schluck Gin. «Nur los, ich höre.»

«Es … es is' die Schuld von meiner Gran, Euer Ehren», sagte Jem. «Sie hat uns gesagt, dass Billy hier sein soll.»

Jem hatte beschlossen, dem Terror die Wahrheit zu sagen. Wenn der Mann erst einmal wusste, dass sie keine bösen Absichten verfolgten, würde er sie bestimmt gehen lassen.

«Eure Gran?» Der Terror runzelte die Stirn. «Kenn ich sie?»

«Nee … jedenfalls glaub ich das nich', Euer Ehren», sagte Jem und verschränkte die Hände hinter dem Rücken, damit der Terror nicht sehen konnte, wie sie zitterten. «Aber Gran kennt Sie. Ich mein, sie weiß alles von Ihnen …» Er brach ab, unsicher, ob er zu weit gegangen war.

Der Terror funkelte ihn an. «Ach, sie weiß also alles von mir, ja? Und was weiß sie da genau?»

Jem zögerte.

«Ich habe gesagt: ‹Was weiß sie da genau?›» Der Terror schlug auf die Armlehne seines Sessels, und das Geräusch verstärkte sich bedrohlich, je mehr seine Geduld abnahm.

«Red weiter, um Himmels willen!», zischte Nell und gab Jem einen Stoß in die Rippen, denn sie wusste, dass bei einem Wutanfall des Terrors nicht nur die Jungen verflucht und verprügelt werden würden.

Doch Jem steckte in der Zwickmühle. Er konnte dem Terror kaum etwas von den grauenhaften Dingen sagen, die seine Großmutter von ihm erzählt hatte.

Nell schob ihren Mund nah an sein Ohr und flüsterte: «Er hört gern, wie viel Angst die Leute vor ihm haben.»

«Meine Gran sagt, Sie sind einer der schlimmsten Männer von London», sagte Jem laut, wobei er die Furcht in seiner Stimme nur schlecht verbergen konnte, sosehr er sich bemühte.

Der Terror runzelte die Stirn.

Jem blickte Nell fragend an und überlegte, was er falsch gemacht hatte.

«Nicht *einer* der schlimmsten, du kleiner Trottel!», zischte sie. «Niemand ist schlimmer als der Terror.»

«Ich meine, der schlimmste Mann von London … von der ganzen Welt. Gran hat gesagt, Sie bringen Schornsteinfegerjungs um und werfen sie dann in'n Fluss.»

«Das tue ich.» Der Terror beugte sich vor und winkte Jem zu sich heran. «Und hat dir deine Gran auch erzählt, dass ich …?» Er blinzelte Nell zu und machte dann eine Geste, als würde er jemanden mit einem Messer aufschlitzen und sich die Stücke in den Mund schieben.

Jem biss sich auf die Lippen, um nicht laut aufzuschreien, aber Ned schrie und lief zur Tür, trat dagegen und riss an der Klinke.

«Was hat er denn?» Der Terror wandte sich gespielt überrascht an Nell.

«Man könnte beinahe glauben, Sie wollten ihn auffressen», spielte Nell mit.

«Den? Das ist ja bloß ein Haufen Knochen. Der würde nicht mal eine ordentliche Suppe abgeben», kicherte der Terror. «Deine Gran hat also gesagt, ich hätte deinen Bruder?», fragte er Jem. «Und wie ist sie zu dieser Annahme gekommen, wenn ich fragen darf?»

«Na ja, Eure Lordschaft, weil sie Dinge sehen kann.»

«Weil sie mich ausspioniert, meinst du?» Mit wutverzerrtem Gesicht sprang der Mann auf. «Ich wusste es! Ich wusste, dass ihr Spitzel seid. Ich wusste –»

«Nee, nee, ich meine, sie hat in ihre Kristallkugel gekuckt und –»

«Ihre *was*?»

«Das is' 'ne Glaskugel. Da sieht sie Sachen drin. Sie hat Billy gesehen, und Sie auch. Jedenfalls hat sie das gesagt. Aber Pa meinte, sie hätte sich das bloß ausgedacht. Und er hatte Recht, weil Billy ja nich' hier is'», plapperte Jem.

Der Terror hörte ihm mit offenem Mund zu.

«Eine Glaskugel? Deine Gran sieht Dinge in einer Glaskugel?» Er setzte sich wieder und schüttelte fassungslos den Kopf. «Das ist so lächerlich, dass ich dir glatt glaube. Keiner könnte sich so eine verrückte Geschichte ausdenken. Und was mich noch mehr amüsiert», und er zeigte mit dem Finger auf die Jungen, «ist, dass ich euch nicht zu stehlen oder zu kaufen brauchte. Ich habe euch umsonst bekommen … Nun, dafür muss ich eurer lieben alten Gran wirklich danken.» Und er schlug sich auf den Schenkel und brach in brüllendes Gelächter aus. Doch es war kein Humor in seinem Lachen, und seine Augen waren kalt wie Stahl.

Nell lachte auch und trat dem alten Jack gegen das Schienbein, sodass er aufwachte und ebenfalls anfing zu lachen, obwohl er keine Ahnung hatte, worüber.

«Ich sag euch, was ich tun werde», fuhr der Terror fort und brachte sie mit einem Blick zum Schweigen. «Ihr beiden jungen Herren seid als Schornsteinfeger nicht zu gebrauchen, weil ihr zu groß seid, um in die Schornsteine zu klettern, aber da ihr nun mal hübsch kräftig seid, dürft ihr dem alten Jack mit seinen Ratten helfen. Ihr mögt doch Ratten?»

«Ja, ich schon», sagte Jem.

«Hoho, hier haben wir jemanden mit Mut, Nell», spottete der Mann. «Ich frage mich, ob er noch so mutig ist, wenn er erst mal von einem Dutzend gebissen wurde.» Und er packte eine von den Ratten, die auf Jacks Schoß saßen, und schleuderte sie in Jems Richtung.

Jem hob instinktiv die Hand, um sein Gesicht zu schützen, und das erschreckte Tier biss ihn und huschte laut quiekend in eine Ecke.

«Na, wie hat dir das gefallen, he?» Der Terror grinste.

«Macht gar nichts», sagte Jem trotzig und schob seine

blutende Hand in die Tasche. «Bin schon viel schlimmer gebissen worden.»

Auf den Lippen des Mannes gefror das Lächeln.

«Tun Sie ihm nich' weh, Terror», schaltete sich Nell ein und schob sich zwischen ihn und Jem. «Wir haben heute Abend 'n großen Kampf und könnten 'n bisschen Extrahilfe gebrauchen.»

Der Terror winkte sie fort und lehnte sich mit gerunzelter Stirn in seinem Stuhl zurück.

Sie warteten. Jem versuchte den pochenden Schmerz in seiner Hand zu ignorieren, wo die Ratte ihre Zähne hineingebohrt hatte, und Ned starrte auf den Fußboden, zur Decke, an die Wände – überallhin, nur nicht auf das grässlich deformierte Gesicht des Mannes.

«Na gut», schnarrte er und winkte die Jungen näher zu sich heran. «Hört zu. Ihr bleibt hier so lange, wie ihr mir nützlich seid, aber wenn ich höre, dass ihr zu irgendjemandem über mich quasselt, dann werde ich …» Er zog einen Dolch aus dem Ärmel seiner Jacke und bohrte die Spitze so fest in Jems Hals, dass das Blut ihm den Hals heruntertropfte und sein Halstuch befleckte.

Jem zuckte zusammen und schrie auf, und der Terror lächelte zufrieden, weil er Jem gezwungen hatte, seine Angst zu offenbaren.

«Und wenn ihr je versuchen solltet wegzulaufen, dann hetze ich euch meine Hunde auf den Hals», sagte er und lehnte sich wieder im Stuhl zurück. «Ich halte sie immer schön dünn und hungrig … ihr versteht, was ich meine, nicht wahr?»

Samson und Delilah beäugten die Jungen unheilvoll.

«Ja», murmelte Jem. «Wir verstehn, was Sie meinen, Chef.»

·· 31 ··

Dolly war nach ihrem wilden Galopp von dem verpatzten Einbruch erschöpft, doch Pete ließ sie im ruhigen Schritt gehen, sodass sie selbst ihren Weg über das rutschige Pflaster und um die Pfützen finden konnte. Er hatte die Pferdedecke über den Sitz gebreitet, um Clems Kleider vor Schmutz und Ruß zu schützen, und das Mädchen drängte sich dicht an ihn heran, während sie durch die dunklen Gassen der Rookery fuhren.

«Frierst du, Clem?», fragte er.

Sie schüttelte den Kopf.

«Doch, tust du. Ich spür doch, wie du zitterst. Hier, nimm das», sagte er und zog sich seine zerlumpte Jacke aus.

«Spinnst du?», protestierte sie und versuchte ihn fortzuschieben. «Du wirst erfrieren.»

«Werd ich nich'», lachte er und legte sie um ihre Schultern. «Wenn du's genau wissen willst, dann koch ich vor Hitze», sagte er und wischte sich hastig einen Eiszapfen von der Nasenspitze.

Als sie schließlich High Holborn erreichten, versuchte eine wässrige Sonne den Winterhimmel zu erhellen. An einem Wochentag hätte die Straße von geschäftigen Menschen gewimmelt, doch am Sonntag war alles ruhig. Ein paar Kinder waren schon auf und suchten das Pflaster nach Essensresten ab, die von den Feiernden der vorangegangenen Nacht fallen gelassen worden waren, oder durchwühlten die Taschen von Männern und Frauen, die betrunken in der Gosse lagen.

Keine Droschken oder Busse rasselten die Straßen entlang, keine Läden wurden geöffnet, keine Händler schoben ihre Karren durch die schmalen Gassen und riefen ihre Waren aus. Die Gläubigen gingen am Morgen und am Abend zur Kirche und verbrachten den Rest des Tages in nüchterner Meditation. Die mit weniger religiösem Sinn schliefen aus, aßen je nach Geldbörse ein kräftiges Mittagessen, legten ihre Sonntagskleidung an und gingen spazieren.

«Herrje, Pete, hör doch auf zu gähnen», knurrte Clem. «Du steckst mich an.»

«Ich kann nich', Clem. Ich hab nich' geschlafen. Ich – Hey!», rief er erschreckt aus, als ein muskulöser Mann mit hartem Blick und einem kahl rasierten Schädel, wie es Gefängnisinsassen hatten, auf ihren Wagen sprang.

«Haste was für mich, Schätzchen? Irgendwas, was ich verkaufen kann?», sagte er und fingerte an Clems Kleid und Jacke. «Haste 'ne Münze oder zwei?» Und er griff in ihre Tasche.

«Lass sie in Ruhe!», rief Pete und hob die Peitsche.

«Nich' so schnell, Kleiner», knurrte der Mann und hielt Clem ein Messer an den Hals.

«Hey, Drake, siehste nich', dass das Bullocks Mädchen is', du verdammter Idiot?», schrie ihm jemand zu. «Wenn der rausfindet, dass du ihr 'n Haar gekrümmt hast, dann reißt der dich in Stücke!»

«Oh, tut mir leid, mein Herzchen», sagte der Mann, sprang vom Wagen und schlich sich davon.

«Hat er dich verletzt?», fragte Pete und sah sie besorgt an.

«Nee, mir geht's gut», sagte sie und schlug den Kragen seiner Jacke hoch, damit er nicht sehen konnte, wo das Messer ihr ins Fleisch geschnitten hatte. «Lass uns weiterfahren. Schnell!»

Pete schlug leicht mit der Peitsche auf die Flanken des Pferdes, und es fiel in einen stetigen Trab.

«Wo wohnt Bickerstaff?», fragte Clem.

«Nächste Straße links. Aber ich werd nich' da reinfahren, falls mich jemand sieht.»

«Und in welche Richtung is' Billy gelaufen?»

«Die Straße rauf und um die Ecke.» Er zeigte mit dem Finger darauf.

«Also gut, dann lass uns da rumfahren.»

«Clem …», begann Pete mit verzweifelter Stimme.

«Ich weiß, ich weiß, er ist nich' mehr da. Aber wir müssen doch irgendwo anfangen, oder?»

«Er is' bestimmt schon längst zu Hause.»

«Meinst du wirklich?», sagte Clem, und ihre Augen leuchteten auf.

«Nee.» Pete schüttelte den Kopf. «Wie ich den kenne, is' der immer im Kreis gelaufen.»

Als die Sonne höher stieg, tauchten immer mehr Kinder auf den Straßen auf. Manche in feinen Kleidern, beaufsichtigt von ebenso fein gekleideten Eltern; andere in Lumpen, die weder beaufsichtigt noch von irgendjemandem vermisst wurden. Clem beugte sich vor und blickte suchend in ihre Gesichter. Einige Mal hielt sie den Atem an und stand halb in ihrem Sitz auf, sank dann aber wieder mit einem Seufzen zurück.

«Is' es weit bis St Paul's?», fragte sie nach einer Weile.

«Meilen und Meilen», erwiderte Pete wenig aufmunternd. «Ich werd jetzt anhalten und Dolly 'n bisschen Hafer geben.»

Während er die Stute fütterte, schloss Clem die Augen und versuchte sich vorzustellen, dass sie zu Hause im Bett lag, eingekuschelt unter der großen Gänsefederdecke, mit ihrem Vater auf der einen Seite und ihrer Mutter auf der anderen. Sonntag war ihr Lieblingstag. Da niemand am heiligen Tag nach Schornsteinfegern verlangte und auch jede andere Arbeit nicht gern gesehen wurde, blieben ihr Vater und die Jungen zu Hause. Während sie vor dem Feuer Karten oder Fangsteine spielten, schmorte ihre Mutter einen Braten und …

Die Träume des Mädchens wurden von rohem Gelächter unterbrochen. Vier oder fünf junge Männer schwankten die Straße hinunter, neckten sich gegenseitig mit lauter Stimme und blickten sich immer wieder um, ob sie in ihren auffallenden Kleidern auch gebührend bewundert wurden.

«Kuck dir die feinen Pinkel an, Pete», sagte Clem.

«Das sind keine feinen Pinkel», sagte er verärgert. «Die halten sich bloß dafür. Versuchen so zu tun, als wären sie was Besseres, aber die sind nich' besser als du und ich, Clem. Im Gegenteil, wir verdienen unser Geld wenigstens auf ehrliche Weise … na ja», er zögerte, «meistens zumindest. Aber die da haben einige Taschen erleichtert, bevor der Tag rum is' … Gut, Dolly», sagte er und nahm den Hafersack vom Kopf der Stute, «das is' erst mal genug, meine Hübsche.» Er schob den Sack unter den Fahrersitz, wo keine diebischen Hände herankamen, nahm die Zügel wieder auf und rief: «Hüa!»

Dolly fühlte sich nach ihrem Imbiss sehr erfrischt und wäre am liebsten angetrabt, wenn Pete sie nicht gezügelt hätte. «Brrr!», lachte er. «Wenn die erst mal 'n bisschen was zu fressen im Bauch hat, marschiert die los wie 'ne aufgezogene Uhr.»

Als Dolly auf Höhe der feinen Herren kam, verwandelte sich deren scherzhafte Stimmung plötzlich in Streit, und sie begannen, sich gegenseitig zu schubsen.

«Vorsicht!», rief Clem. Aber ihre Warnung kam zu spät. Einer von ihnen verlor das Gleichgewicht und fiel kopfüber unter die Hinterräder des Wagens.

Pete bremste hart, und Clem schrie auf.

«Du hast ihn umgebracht, du kloines Miststück!», rief ein Mann und beugte sich über den ausgestreckten Körper seines Freundes. «Der arme Körl is' so tot wie 'n Türklopfer.»

«Jetzt sitzen wir drin», murmelte Pete durch zusammengebissene Zähne.

«Werden die … werden die uns ins Loch stecken?», stammelte Clem. «Werden die uns hängen?»

«Nee. Schließlich war's nich' unsre Schuld … Das war's nich', Clem», beharrte er, als sie den Kopf schüttelte. «Es war seine Schuld, weil er rumgealbert hat. Die Polente wird uns nichts tun, aber die da …» Er schauderte, als die feinen Herren bedrohlich den Wagen umringten und ihn und Clem anfunkelten, denn er wusste, dass ihre Rache schnell und brutal sein würde.

«Mich dünkt, er is' gar nicht abgenippelt», sagte der eine und starrte auf den Körper unter dem Wagen. «Ich hab ihn görade atmen sehen, in der Tat … Ja, ja, er lebt. Aber nur ein bisschen.»

«Mir scheint, seine Boine sind gebrochen», sagte ein anderer. «Mir söhn die irgendwie gebrochen aus, fürwahr.»

«Du hast Röcht», stimmte der Erste zu. «Am bösten fahrt ihr ins Krankenhaus», meinte er zu Pete.

«Ins Krankenhaus?», rief Pete entsetzt aus. «Aber da geht man hin, um zu sterben.»

«Und öbendies wird unserem armen Freund passieren, wenn du nich' zack-zack machst», zischte der Mann. «Vor-

sichtig», ermahnte er die anderen, als sie den Verletzten hinten auf den Wagen legten. «Und du beeil dich», sagte er zu Pete, «sonst isses zu spät.»

«Das mach ich, Chef, das mach ich», sagte Pete und schlug Dolly mit der Peitsche. Die Stute wieherte empört, denn sie war von Pete keine grobe Behandlung gewohnt, und fiel in einen schnellen Trab.

«Nich' so schnell, Pete, du tust ihm weh», sagte Clem und sah besorgt auf den Mann, der stumm und blass auf den schmutzigen Säcken lag.

«Ich muss schnell fahren, sonst kratzt er ab, bevor wir hinkommen.»

«Nee, er kommt zu sich. Er macht die Augen auf. Halt mal 'n Augenblick an, Pete, ich geh zu ihm nach hinten.»

Pete ließ Dolly stehen, und Clem kletterte vom Vordersitz hinunter, humpelte nach hinten und zog sich wieder hinauf.

«Geht's Ihnen gut, Mister?», fragte sie und sah dem Mann ins Gesicht.

«Wo … wo bin ich?», fragte er mit schwacher Stimme.

«In einem Pferdewagen.»

«Wieso?»

«Wir sind über Sie … ich meine, *Sie* sind unter die Räder gefallen. Ihr Bein is' verletzt, darum bringen wir Sie jetzt ins Krankenhaus.»

«Tut das nich'.» Der Mann streckte ihr eine zitternde Hand entgegen. «Bringt mich nach Hause.»

«Aber Ihre Freunde haben gesagt, wir sollen Sie ins …»

«Ich will zu Hause störben.» Der Mann zog an Clems Ärmel. «Bitte!»

Clem seufzte und schüttelte den Kopf. «Er sagt, er will nach Hause, Pete.»

«Aber wir sollen doch …»

«Ich weiß, ich weiß, aber wir tun lieber, was er will, Pete. Wo wohnen Sie, Mister?»

Der Mann murmelte etwas, doch seine Stimme war so schwach, dass Clem ihn kaum hören konnte.

«Wo?» Sie beugte sich vor und legte das Ohr an seinen Mund.

«Was hat er gesagt?», fragte Pete.

«Er sagt, er wohnt in Walworth.»

«Walworth?», wiederholte Pete entsetzt. «Das is' auf der anderen Seite vom Fluss. Wir werden ewig brauchen, um da hinzukommen.»

«Dann lass uns zufahren», sagte Clem. «Je eher wir hinkommen, desto schneller kommen wir zurück.» Und sie legte den Kopf des Mannes auf ihren Schoß, um ihn vor dem Rumpeln der Räder zu schützen, während der Wagen über das Pflaster schwankte, und flüsterte: «Es wird alles gut, Mister. Pete bringt Sie schon nach Hause.»

Dollys Geschwindigkeit hatte sich in einen schwerfälligen Schritt verlangsamt, als sie Walworth endlich erreichten, und Pete war über den Zügeln zusammengesunken und kämpfte gegen den Schlaf.

«Lebt er noch?», fragte er Clem und deutete mit dem Kopf auf den Mann.

«Ja, aber ich glaub, er wird schnell schwächer.»

«Frag ihn, wo er wohnt.»

«Wo is' Ihr Haus, Mister?» Die Lider des Mannes flatterten. «Ich habe gefragt, wo Ihr Haus is'?», wiederholte Clem etwas lauter.

«Der George …» Der Mann war eindeutig zu schwach, um zu sprechen, denn seine Stimme versagte.

«Der George was, Mister?»

«George & Dragon.»

«Weißt du, wo der George & Dragon is', Pete?», fragte sie.

«Clem, ich bin in meinem ganzen Leben noch nich' in Walworth gewesen. Wie zum Teufel soll ich das wissen …?»

«Fahr bis zum Önde der Straße, fürderhin an der Brauerei vorbei, die Hangman's Lane runter, sogleich die Dritte röchts, und du stöhst genau davor», sagte der Mann.

«Verstanden, Pete?», fragte Clem.

«Nee, ich hab nichts verstanden. Was hat er gesagt?»

«Fahr bis zum Önde der Straße, fürderhin –»

«Was is'n mit dir los?», fragte Pete mit gerunzelter Stirn. «Wieso redest du so komisch?»

«Ich wiederhol bloß, was er gesagt hat», zischte Clem. «An der Brauerei vorbei, die Hangman's Lane herunter, sogleich die Dritte röchts, und du stöhst genau davor.»

Als der Wagen vor dem George & Dragon hielt, war alles ruhig.

«Stützen Sie sich auf mich, Chef», sagte Pete zu dem Mann und half ihm aus dem Wagen. «Nee, nich' auf sie.» Er schüttelte den Kopf, als der Mann seinen Arm um Clems Schultern legte. «Sie kann nich' …»

«'türlich kann ich. Stützen Sie sich nur auf mich, Mister», sagte das Mädchen trotzig.

«Oh, mein Bein, mein Bein», stöhnte er, als Pete und Clem ihn halb tragend, halb schleifend über die Straße beförderten und an die Seitentür klopften.

«Lauter», drängte der Mann. «Moine … äh … moine Schwester schläft immer söhr fest.»

Pete schlug wieder gegen die Tür, und jemand rief: «Wer is' da?»

«Ich bin's, Tom», sagte der Mann mit erstaunlich kräftiger Stimme für jemanden, der vor einigen Minuten noch dem Tode nahe gewesen war.

«Tom!» Die Riegel wurden zurückgeschoben, und eine Frau riss breit grinsend die Tür auf. «Tom, wo bist du gewesen, du alter – Oh!» Ihr Grinsen erstarb, als sie Pete und Clem bemerkte. «Der Terror wird mit denen beiden aber nich' zufrieden sein. Der Junge is' zu groß für 'n Schornstein, und sie is' 'n Krüppel.»

Pete und Clem waren so schockiert, dass sie die Frau nur mit offenem Mund anstarrten.

«Das Böste, was ich finden konnte, Nell. Aber ich hab auch ihr Pförd und den Wagen – obwohl der meine Beinkleider ruiniert hat», beschwerte sich Tom und rieb den Ruß von seinen karierten Hosen.

«Na gut», sagte Nell. Und sie packte Clem an den Haaren und zerrte sie hinein. Pete stürzte sich auf den Mann, doch dessen gebrochenes Bein schien wie durch ein Wunder geheilt, und Pete wurde nach kürzestem Handgemenge ebenfalls in den Flur geschleudert.

«Ich mach mich auf die Suche nach was Bösserem, Nell», sagte Tom. Und er marschierte fröhlich pfeifend davon.

«Ihr beide kommt mit», zischte Nell und verriegelte die Tür.

«Wir gehen nirgendwohin», gab Pete zurück.

«Oh doch, das wirst du, mein Herr», gackerte sie und kniff Pete so fest in die Wange, dass er aufschrie. «Du wirst direkt in den Fluss wandern. Und deine kleine Freundin auch», sagte sie und funkelte Clem an. «Als Fischfutter!»

·· 32 ··

Billy hatte sich völlig verirrt. Der Großteil dieser schrecklichen Nacht war er Straßen auf und ab gewandert, in dunkle Höfe hineingestolpert, über schlafende Wanderer gefallen, Dieben und Trunkenbolden davongelaufen, war vor Abfalleimern und Nachttöpfen zur Seite gesprungen, die aus den oberen Fenstern geleert wurden, und mit jeder weiteren Stunde immer kälter und müder und hungriger geworden.

Zuletzt sank er erschöpft in die Gosse, rollte sich zu einer Kugel zusammen, schlief ein und träumte, dass er vor einer Schweinepastete von der Größe eines Hauses stand. Sie hatte eine Eingangstür und Fenster und ein goldenes, glänzendes Dach mit gewellten Ecken. Das Wasser lief ihm im Mund zusammen. Er öffnete die Tür in der Kruste und wollte gerade seine Zähne in das rosa Fleisch graben, als ihn eine Hand bei der Schulter packte und ihn heftig schüttelnd zurückzog.

«Nee!», rief er. «Lass los! Das is' meine, ich hab sie zuerst gefunden!»

«In der Tat, hast du das?», sagte eine seltsam bekannte Stimme gedehnt. «Und mich dünkte doch, die Gosse würde jedem gehörn.»

Billy setzte sich auf und starrte den Mann schläfrig an,

der sich über ihn beugte. Es war ein sehr hübscher, eleganter junger Mann mit Frack und reich verzierter Weste.

«He, Sie kenn ich doch», rief er. «Sie sind doch der olle Ramsbum.»

«Es hoißt Ramsbottom», gab Tom zurück. «Und wer zum Teufel bist du? Oh ... ach ja, jötzt weiß ich's wieder», sagte er und schob sich ein Monokel vor das Auge. «Du bist einer von diesen schröcklichen Satansbraten, die ich in Devil's Acre getroffen hab.»

«Sie haben versucht, mich mitzuschnacken. Sie ...»

«Ach was», sagte Tom schulterzuckend. «Das war doch bloß Spaß. Is' das vielleicht moine Schuld, wenn du koinen Spaß verstehst, Mr ... jetzt fällt mir doch der Name nich' ein. Perks, Perky ...?»

«Perkinski.»

«Perkins*ki*, natürlich! Wie konnte ich nur so was Albernes vörgessen», höhnte Tom. «Und wie geht's Madam Natasha?»

«Wem?»

«Deiner Großmutter. Verbreitet sie immer noch so viele Lügen? Füllt sie immer noch Dröck in Flaschen und verkauft das als Zaubertrank?»

«Ja.» Billy nickte.

«Und was führt dich in diesen Teil der Metropole?»

«Hä?»

«Was du hier machst?»

Billy war so darüber erfreut, einen Bekannten zu treffen, dass er die Schrecken der Nacht ganz vergessen hatte. Doch plötzlich kam die Erinnerung daran zurück, der Anblick von Mr Bullock und den Jungen, die vor der Polizei davonliefen, die Flucht durch die dunklen, stinkenden Gassen, die Angst, die Einsamkeit …

Er brach in Tränen aus.

«Was is'n los, Kloiner?» Tom legte ihm eine Hand auf die Schulter.

«Ich hab mich verlaufen.»

«Wo stöcken denn deine diebischen Brüder?»

«Weiß ich nich'.» Billy schluchzte noch lauter.

«Und was is' mit deinen Eltern?»

«Die hab ich auch verlorn.»

Toms Augen leuchteten auf, und er starrte Billy an wie eine Katze, die einen besonders saftigen Vogel beäugt. «Du moinst, keiner woiß, wo du bist?»

Der kleine Junge schüttelte den Kopf.

«Na, dann kommst du wohl besser mit mir. Ich könn 'nen Ort, wo's 'n schönes warmes Feuer gibt und massenhaft zu essen. Das würde dir doch gefallen, oder?»

Billy hörte einen Augenblick auf zu weinen und starrte den Mann eindringlich an. Er hatte schon so lange nichts gegessen, dass sein Magen schmerzte.

«Haben die da auch Schweinepastete, Mister?», fragte er.

«In der Tat, das haben sie. Die dicksten und löckersten Pasteten auf dieser Seite der Themse.»

«Und auch Kaldaunen mit Zwiebeln?»

«Die weichsten und weißesten Kaldaunen, in die du je deine Zähne gegraben hast.»

«Und Ingwerkekse?»

«So viel du nur essen kannst.»

«Und danach bringen Sie mich nach Hause?»

«Sölbstverständlich.»

«Versprochen?»

«Ich will tot umfallen, wönn ich das nich' tu.»

«Na gut.» Und Billy reckte den Arm und ergriff die ausgestreckte Hand des Mannes.

·· 33 ··

«Wenn ich nich' bald was zwischen die Kiemen kriege, Jem, dann kratz ich ab», beschwerte sich Ned.

«Ja, wir müssen hier irgendwie raus.»

«Oh, fang bloß nich' wieder damit an.»

«Ich hab mir was ausgedacht.»

«Was?»

«Die Säcke da raufklettern und das Glas kaputtmachen.» Jem deutete auf das kleine Fenster kurz unter der Decke.

«Spinnst du? Das Fenster hat mehr Gitterstäbe als das Gefängnis von Newgate. Wie willste denn da durch?»

«Ich will ja nich'. Du wirst.»

«Du hast ja 'ne Meise. Bin ich vielleicht Jack Sheppard? Und wieso überhaupt ich?»

«Weil du dünner bist als ich.»

«Bin ich nich'.»

«Bist du doch. Du bist so dünn, dass du durch die Löcher von 'nem Sieb passen würdest.»

«Wieso schickst du nich' Alfie da rauf? Der is' nur halb so groß wie ich.»

«Weil er nich' hier is'. Er arbeitet oben. Kuck mal, das is' ganz einfach, Ned. Du musst bloß die Schultern hochziehen und dich da ...»

«Nee, ich kletter nich' die Säcke da rauf. Da fall ich ja runter und brech mir den Hals.»

«Ach was, jetzt komm», sagte Jem und zog ihn auf die Füße.

«Nee!» Ned versuchte sich zu befreien. «Nee, werd ich nich'. Ich kann nich'.»

«Also, du hast drei Möglichkeiten: Du kannst hier bleiben und verhungern oder im Fluss ertrinken, oder du kannst versuchen, aus dem Fenster da zu klettern.»

«Äh ...» Ned blickte unsicher zu dem Fenster hoch.

«Na gut, dann bleib doch hier», sagte Jem und verschränkte die Arme.

«Nee, ich ... ich versuch's. Aber was mach ich, wenn ... falls ich aus dem Fenster rauskomme?»

«Du gehst zur Vordertür, schleichst dich rein, wenn keiner kuckt, kommst hier runter und lässt mich raus.»

«Einfach so?» Ned schüttelte ungläubig den Kopf.

«Wieso, was meinst du?»

«Das Fenster da is' oben. Wie soll ich auf der anderen Seite runterkommen?»

«Springen.»

«Und mir den Hals brechen?»

«Ned, du hast ...»

«Ich weiß, ich weiß, ich hab drei Möglichkeiten. Ich kann verhungern, ertrinken oder mir den Hals brechen. Na toll», er zuckte die Schultern, «wenn ich sowieso sterben muss, kann ich's wenigstens schnell erledigen.»

«Knorke!», rief Jem, erfreut über die Entscheidung seines Bruders. «Jetzt pack dir die Säcke und schieb deine Zehen da rein, als würdest du 'ne Mauer mit Rissen drin raufklettern.»

Vorsichtig begann Ned zu klettern, während Jem ihm von unten zusah.

«Du machst das prima», sagte Jem ermutigend.

«Nee, tu ich nich'.»

«Doch, du bist schon fast da.»

«Ich hab grade erst angefangen.»

«Jetzt hast du's raus.»

«Ich rutsch ständig ab.»

«Gleich bist du oben.»

«Ich kann mich nich' mehr halten.»

«Nur noch 'n Stückchen.»

«Ich … ich … Herrje, ich hab's geschafft! Ich hab's geschafft!», rief Ned und zog sich auf die Spitze des Säckestapels hinauf.

«Ich hab dir doch gesagt, dass du's kannst», rief Jem und boxte vor Freude in die Luft. «Ich hab's doch –! Hey, da kommt jemand. Duck dich, Ned, und kein Wort.»

Im nächsten Moment wurden die Riegel vor der Tür zurückgezogen, und Nell schob einen Jungen und ein Mädchen herein.

«Hab 'n kleines Geschenk für euch beide …» Sie unterbrach sich und runzelte die Stirn. «Wo is' denn der andere, dein vermaledeiter Bruder?», fauchte sie Jem an.

Jem starrte auf den Boden.

«Wo is' dieser Mistkerl?», wollte Nell wissen. Sie marschierte im Kellerraum herum und trat so heftig wie sie nur konnte gegen die Säcke. «Ich hab gefragt, wo er is'?»

«Ich weiß nich'», murmelte Jem. «Vielleicht is' er ja weg.»

«Weg? Sei doch nich' albern, hier kann keiner raus. Jedenfalls nich' lebendig. Wenn du mir nich' sagst, wo er is', dann ...» Und bevor Jem sich ducken konnte, hatte sie sein Ohr gepackt und drehte so fest daran, dass er einen Augenblick glaubte, sie würde es ihm vom Kopf reißen.

«Sag's mir! Sag's mir!», kreischte sie, während der Junge vor Schmerz das Gesicht verzog.

«Ich bin hier oben!», rief Ned und kuckte über die Spitze des Sackhaufens.

«Ach nee. Sind wir 'n bisschen klettern gewesen, hm? Wolltest du mal den Ausblick von da oben genießen?», sagte Nell. «Aber ich will dich hier unten haben. Und zwar jetzt!» Und sie stürzte sich auf den Haufen und fing an, ihn hin- und herzuschieben.

Jem sah entsetzt zu, wie der Haufen wie ein Baum im Wind zu schwanken begann, erst langsam, dann schneller und immer schneller ...

«Nich'!», rief Ned. «Nell, nich'. Bitte!»

«Komm schön runter, Herzchen!», lachte sie und drückte immer fester gegen die Säcke, bis der Junge das

Gleichgewicht verlor und mit einem knochenzerschmetternden Krachen auf den Boden knallte.

«Aaargh!», stöhnte er. «Ich glaub, ich hab mir was gebrochen.»

«Gut», lächelte Nell. «Schade, dass du dir nich' alles gebrochen hast.»

«Alles klar, Ned?», fragte Jem, als die Frau gegangen war, und half ihm auf die Füße.

«Mein Arm fühlt sich'n bisschen komisch an, und mein Ellenbogen sieht aus, als wär er falsch rum ... Jem, wer sind die?», flüsterte er und deutete mit dem Kopf auf den Jungen und das Mädchen, die sie aufmerksam betrachteten.

«Vermutlich 'n paar Kinder, die für den Terror arbeiten», flüsterte er zurück.

«Nee, sind wir nich'», sagte der Junge.

«Wer seid ihr dann?»

«Wer seid *ihr* denn?»

«Ich hab zuerst gefragt.»

«Ich bin Pete. Und sie is' Clem.»

«Na, ich bin Jem. Und er is' mein Bruder Ned.»

«Und was macht ihr hier?»

«Was macht *ihr* hier?»

«Ich hab zuerst gefragt.»

«Wir suchen meinen Bruder.»

«Na, wir suchen nach einem Jungen, der bei uns arbeitet, aber er is' abgehaun.»

«Und warum seid ihr hierher gekommen?»

«Weil uns 'n Typ reingelegt hat.»

«Reingelegt?», höhnte Jem. «Mann, mich hat noch nie jemand angeschmiert. Dafür bin ich zu ausgebufft.»

«Und wieso seid ihr hier?», fragte Pete, der sich zusammennehmen musste.

«Weil unsere Gran mit Geistern redet», platzte Ned heraus, bevor Jem ihn daran hindern konnte. «Und die haben ihr gesagt, dass Bil…»

«Geister? Eure Gran redet mit Geistern? Oh Mann.» Pete verschluckte sich beinahe vor Lachen. «Ihr müsst beide wirklich bescheuert sein, dass ihr an so was glaubt.»

«Wen nennst du bescheuert, du Streuselkuchen?», spottete Jem.

Pete war nicht eitel, obwohl er sich selbst durchaus als ungewöhnlich hübsch beschrieben hätte, aber was seine pockennarbige Haut betraf, war er sehr empfindlich.

«Keiner von deiner Kragenweite, du Zwerg!», gab er zurück.

Jem stieg das Blut ins Gesicht. Es war sein größter Kummer, dass er, sosehr er sich auch bemühte, nicht zu wachsen schien – jedenfalls nicht in die Höhe. Was seine Qual noch verstärkte, war, dass sein um ein Jahr jüngerer Bruder etwa drei Zentimeter größer war. Als Ned auf Petes Beleidigung anfing zu kichern, stieg Jems Wut auf den Siedepunkt.

Er überlegte einen Augenblick, wen von beiden er zuerst niederschlagen wollte. Dann murmelte er Ned zu: «Dich knüpf ich mir später vor!», und stürzte sich mit gezückten Fäusten und Füßen auf Pete.

·· 34 ··

«Sind wir bald da, Mister?», fragte Billy. «Ich verhunger gleich.»

«Nich' mehr weit», sagte Tom.

«Isses Ihr Zuhause?»

«Mehr oder wöniger.»

«Hä?»

«Ich residiere da mit meinem Onkel. Nötter Kerl», kicherte Tom. «Liebt solche kloinen Kinder wie dich.»

«Wird er mir Eier mit Speck geben?»

«Eier, Speck, Räucherfisch, Nierchen, alles, was du nur willst – Essen wie für 'n König. Da sind wir schon.» Tom hielt an und deutete auf den George & Dragon.

«Mann!» Billy war beeindruckt. «Ihr Onkel muss aber ganz schön reich sein, wenn er in so 'nem Haus wohnt, Mister. Und all die Leute, die da reingehen, sind das seine Freunde?»

«Das sind sie in der Tat», sagte Tom grinsend. «Und ebenso alle, die wieder rauskommen. Er hat Freunde zuhauf.»

«Kann ich auch sein Freund sein, Mister?»

«Klar kannste das. Mich dünkt, du und mein Onkel wördet Freunde sein bis in den Tod ... Und das is' vermutlich nich' lange», murmelte Tom zu sich selbst.

·· 35 ··

Die zwei Jungen waren sich ebenbürtig, und der Kampf tobte heftig, untermalt von Clems Rufen: «Hör doch auf, Pete, spinnst du?», und Neds Anfeuerung: «Los, Jem, verpass ihm eins aufs Auge!»

Auf dem Höhepunkt des Kampfes, als Jem gerade Peters Zähne umsortierte und Pete Jems Nase eine neue Form gab, wurde die Tür geöffnet, und Nell kam herein. Sie schob einen kleinen Jungen vor sich her, dessen hellblaue Augen aus einem rußbedeckten Gesicht starrten.

Sofort sprangen Jem und Pete auseinander und wischten ihre blutverschmierten Gesichter an ihren schmutzigen Ärmeln ab.

«Hier is' noch so 'n Satansbraten zur Gesellschaft. Mach schon!», sagte Nell und stieß den Jungen in den Rücken.

«Aber ich hab noch gar nich' meine Eier mit Speck gekriegt», jammerte er, umklammerte ihre Knie und blickte sie flehend an. «Und was is' mit meiner Schweinepastete? Tom hat gesagt, ich würde 'n Festmahl kriegen.»

«Das wirst du ja, mein Herzchen. Siehst du die?» Und sie deutete auf die Horden von Kellerasseln, die über den Fußboden und an den Wänden herumliefen. «Du kannst so viele davon essen, wie du willst.»

«Die will ich aber nich'», schluchzte der kleine Junge. «Ich will Eier mit Speck. Ich will Schweinepastete. Ich will –»

«Mann, das is' Billy», sagte Jem.

«Billy!», riefen die anderen.

Der kleine Junge blickte sich erstaunt um – und dann breitete sich ein Strahlen über sein Gesicht. «Jem!», rief er und warf sich in die Arme seines Bruders. «Und Ned und ... Mann, da sind ja auch Pete und Clem. Was macht ihr denn alle hier?»

«Is' doch egal, was wir hier machen, wo bist'n du gewesen?», sagte Jem. «Pa sucht in ganz London nach dir.»

«Ich war bei denen.» Billy deutete auf Pete und Clem. «Jedenfalls bis neulich.»

Jem fiel der Kinnladen herunter. «Bei denen?»

«Ja, ich hab bei –»

«Halt die Klappe, du Plappermaul!», sagte Nell und hob die Hand, um ihn zu schlagen.

«Lassen Sie ihn in Frieden!», rief Ned und zog Billy weg. «Fassen Sie bloß nich' meinen Bruder an.»

«Deinen Bruder? Oh, das is' also der berühmte Billy, wie? Na, dann haben wir ja jetzt alle drei zusammen. Was für 'n Glück, he?», kicherte Nell. «Los, rauf mit euch beiden», zischte sie Jem und Ned zu. «Beeilt euch! Der Hundekampf fängt gleich an.»

«Nee, lasst mich nich' allein!», schrie Billy und klammerte sich an seine Brüder. «Geht nich' weg.»

«Hör auf damit», schimpfte Nell, «sonst kriegste 'ne Abreibung.»

«Komm zu mir, Steppke», sagte Clem, legte einen Arm um Billy und zog ihn dicht zu sich heran. «Du bleibst bei Pete und mir. Alles wird wieder gut.»

«Ach, is' sie nich' 'ne süße Mama», höhnte Nell.

«Wir sind gleich wieder da, Billy», sagte Jem. «Und dann bringen wir dir was zu essen mit.»

«Versprochen?»

«Ehrenwort», sagte Jem und kreuzte die Finger hinter seinem Rücken.

·· 36 ··

Die beiden Jungen folgten Nell die Treppe hinauf und durch die Schwingtür in den Schankraum. Der lange Tresen war voller Männer und Frauen aus jeder Gesellschaftsschicht: Straßenhändler mit farbenfrohen Halstüchern und hinter die Ohren gekämmten fettigen Locken; Ladenverkäufer, die zum Teil noch ihre Schürze trugen; Kutscher in Livree; Soldaten in Uniform; sogar ein paar reiche Leute und Adlige in feinen Kleidern. Die meisten rauchten Pfeifen oder Zigarren, und unter ihrem Arm oder fest an ihr Stuhlbein gebunden warteten ihre Hunde, viele mit bösen Narben auf Gesicht und Körper: Spuren eines erbitterten Kampfes.

«Ich schätze, meine Beauty hier wird euch alle schlagen», protzte ein Mann und streichelte den riesigen Kopf einer schlabbernden Bulldogge. «Letzte Woche hat sie über fünfzig Ratten in 'ner halben Stunde getötet.» Und er blickte sich herausfordernd um.

«Fünfzig? War das alles?», spottete Tom Ramsbottom, der lässig gegen den Tresen gelehnt stand. «Fürwahr, die arme Kreatur muss selbst halbtot sein, wönn sie so erschröcklich langsam is' …» Und er machte eine Pause für das zu erwartende Gelächter, das im ganzen Raum erscholl. «Mein Hund hingegen», und er hob einen hässlichen kleinen Terrier hoch, dessen Maul von einem Ohr zum anderen reichte, «dieser schlaue kleine Körl hat in der Tat hundert Ratten in 'ner halben Stunde liquidiert.»

Erstauntes und bewunderndes Murmeln war zu hören. Doch der Besitzer der Bulldogge wurde rot vor Wut. «Ich wette mit Ihnen, dass Beauty in 'ner halben Stunde mehr Ratten umbringt als Ihr mickriger kleiner Kümmerling», knurrte er.

«Und um was wötten Sie …? Bitte nich' um Ihr Halstuch, vielen Dank.» Tom zupfte angeekelt daran. «Das is' billig und nicht gerade modern. Fürwahr, darin möchte ich nich' mal tot gesehn wörden.»

Der Bulldoggenbesitzer sprang außer sich vor Wut von seinem Hocker.

«Ich wette um das hier», rief er und zog sich einen hübschen Ring vom Finger. «Vierundzwanzig Karat walisisches Gold is' das», sagte er und hielt ihn hoch, damit jeder ihn sehen konnte. «Der hat meinem Vater gehört.»

«Oh, nun gut», sagte Tom. «Und ich wötte um …»

«Die Perlenbrosche von meiner Gran!», schrie Jem.

«Was …?» Tom fuhr herum.

«Die haben Sie ihr geklaut.»

«Gott steh uns bei!», spottete Tom. «Göntlemen, ich habe die Öhre, Ihnen Mr Perkins*ki* vorzustellen.»

«Mr Wass*ki*?», rief jemand von hinten und erntete grölendes Gelächter.

«Mr Perkinski is' 'n öchter Zigeuner – das behauptet er jedenfalls», fügte Tom abfällig hinzu.

«Und ich hab die Ehre, Ihnen den Ehrenwerten Ramsbottom vorzustellen, den Sohn von 'nem Herzog … *das behauptet er jedenfalls*», spottete Jem. «Und nehmen Sie bloß nichts von dem als Wetteinsatz an», wandte er sich an den Besitzer der Bulldogge, «wenn es nämlich so was is' wie seine *goldene* Uhr oder die *Diamantnadel*, die ich ihm abgeknöpft hab, dann isses keinen Pfifferling wert.»

Tom wurde erst rot, dann blutrot und schließlich dunkelrot und stürzte sich dann mit erhobenen Fäusten auf Jem. Doch Jem duckte sich und rammte ihm den Kopf in den Bauch. Die beiden fielen zu Boden und prügelten aufeinander ein, während Ned von den anderen am Mitmachen gehindert wurde.

«Was ist das für ein Radau? Was geht hier vor?», tönte eine unheilvolle Stimme von der Tür.

Sofort breitete sich tödliche Stille im Raum aus.

«Nichts, Chef», sagte Tom, rappelte sich auf und zog seine Jacke und Krawatte zurecht.

«Nichts?» Der Terror sah ihn aus zusammengekniffenen Augen an. «Das hörte sich aber nicht nach nichts an. Du kennst die beiden also?» Er deutete mit dem Kopf auf Jem und Ned.

«Äh … Nee, hab sie nie im Leben gesehn, Chef.»

«Das is' ne Lüge!», rief Jem und wand sich aus dem Griff eines stämmigen Mannes, der seine Hände hinter dem

Rücken festgehalten hatte. «Er hat meiner Gran die Perlenbrosche geklaut. Und das war 'ne echte Perle, nich' wie dieses Stück Blech und Glas, was ich ihm abgeknöpft hab.»

«Was hast du gesagt?» Der Terror beugte sich vor und hielt sein Gesicht so dicht vor das von Jem, dass der Junge durch die offenen Nasenlöcher beinahe bis zu seinem Gehirn sehen konnte.

«Ich hab gesagt, das war nur 'n S… Stück Blech und …»

«Du hast Tom etwas *abgeknöpft*?»

Jem nickte.

«Stimmt das, Tom?» wandte sich der Terror an ihn.

«Na ja … mehr oder weniger, Chef … ich meine …»

«HAT ER?»

«Ja.» Tom wand sich unter dem bohrenden Blick des Mannes. «Ja, ehrlich gesagt, hat er das. Aber ich war damals 'n bisschen angeschlagen, und die waren zu zehnt und …»

«Pah, das is' schon wieder 'n Märchen», protestierte Jem. «Da warn nur Ned und ich und mein kleiner Bruder.»

«Soso.» Der Terror wandte den Blick Jem zu. «Ich muss dir gratulieren, wirklich. Ich dachte nicht, dass irgendjemand meinen Neffen übertreffen könnte. Ich habe ihn zum besten Taschendieb von London erzogen. Aber das war er wohl einmal», fügte er mit bösem Lächeln hinzu.

Der junge Mann zuckte zusammen.

«Du bist ein schlauer Junge», sagte der Terror zu Jem.

«Du hast eine strahlende Zukunft vor dir. Ich sag dir was, ich lasse dich mit Tom zusammen für mich arbeiten.»

«Ich ... ich möchte lieber nach Hause gehen, Euer Ehren.»

«Nach Hause gehen?», wiederholte der Terror mit gequältem Gesichtsausdruck. «Warum? Stimmt was nicht mit dieser Unterkunft?» Ein nervöses Kichern lief durch den Raum, als wären die Leute nicht sicher, ob sie lachen sollten oder nicht. «Nun, wenn es dir nicht gefällt, wo du bist, Junge, dann steck ich dich zu den Ratten. Ich schätze, da wirst du es gemütlicher haben.»

Er wandte sich an Nell, die die Hände in die Hüften stemmte und sich vor Lachen bog, als wäre es das Komischste, was sie je gehört hatte. Die Männer und Frauen am Tresen folgten ihr gehorsam.

«Und was ist mit dir?» Der Terror wandte Ned seinen bohrenden Blick zu. «Du willst wohl auch nach Hause gehen, wie?»

«Nee, ich meine ja, ich meine, ich b... bin für Sie nich' interessant, Chef», stammelte Ned. «Ich kann nich' so gut Sachen klauen wie Jem.»

«Schade.» Der Terror strich sich nachdenklich über das Kinn. «Dann muss ich dich wohl einfach in den Fluss werfen, so leid es mir tut. Für Kinder, die nicht stehlen können, habe ich keine Verwendung.»

·· 37 ··

«Ich hab in meine Kristallkugel gekuckt, Bert», sagte Gran.

«Ach ja? Und was haste diesmal gesehn? Is Billy aufm Besen durch die Luft geflogen?», fragte Pa sarkastisch.

«Ich hab ihn mit Jem und Ned gesehn», zischte die alte Frau. «Sie sind wie verrückt 'ne Treppe raufgelaufen und haben geschrien.»

«Na, die werden noch lauter schrein, wenn ich die in die Finger kriege», knurrte Pa. «Ich werf Billy nichts vor, weil er so dumm is', dass er allein noch nich' mal aus seinem Nachttopf rausfinden würde, aber die anderen beiden ...» Er schüttelte den Kopf. «Die hätten nich' ohne 'n Wort verduften dürfen.»

«Wo waren sie, Gran?», fragte Ma Perkinski.

«Ich sag doch, sie liefen irgend'ne Treppe rauf ...»

«Ja, aber was für 'ne Treppe in was für 'nem Haus in was für 'ner Straße?»

«Das war kein Haus. Das war 'n Pub.»

«Ein Pub?», fragte Ma eifrig. «Wie hieß der?»

«Weiß ich nich', konnte ich nich' sehn.»

«Na, dann isses ja kinderleicht», höhnte Pa. «Dann brauch ich ja bloß in jeden Pub von London zu gehn und zu fragen, ob die meine Jungs gesehn haben.»

«Ich hab dir doch gesagt, dass es in Walworth is'», sagte Gran verzweifelt. «Ich hab dir schon 'n Dutzend Mal gesagt, dass der Walworth-Ter...»

«Oh, fang nich' wieder mit diesem Geschwafel vom Walworth-Terror an», sagte Pa.

·· 38 ··

Der Terror saß über einen Tisch am Eingang des George & Dragon gebeugt, den alten Jack neben sich und Delilah zu seinen Füßen. Das hässliche Tier beäugte die Kunden ebenso boshaft wie sein Herr, bleckte die Zähne und knurrte zur Begrüßung, wann immer sich die Tür öffnete und noch mehr Menschen den heißen, verrauchten Raum betraten. Die Kunden nickten dem alten Jack zu, warfen einen schnellen Seitenblick auf den Terror und legten ihr Eintrittsgeld auf den Tisch. In kürzester Zeit hatte sich ein beträchtlicher Haufen aus Gold- und Silbermünzen angesammelt.

Die Uhr über dem Tresen schlug die volle Stunde, und der Terror gab Nell ein Zeichen, die daraufhin Jem und Ned beim Genick packte und sie durch den Raum schleifte.

«Seid ihr bereit, mit der Arbeit anzufangen, Gentlemen?», forschte er. «Denkt dran, wenn ihr irgendwem erzählt, was ihr heute hier gesehen habt, dann werde ich …»

«Nee, machen wir nich'. Wir erzählen's keinem, Eure Hoheit. Wir können 'n Geheimnis für uns bewahrn», sagte Jem, denn er wusste, dass Hundekämpfe verboten waren.

«Und du glaubst, ich bin vertrottelt genug, dir zu glauben, wie?», höhnte der Terror.

«Ich will tot umfallen, wenn das gelogen is'», sagte Jem, ohne nachzudenken.

«Oh, keine Sorge, Junge, das wirst du. Ich werde dir die Kehle von einem Ohr zum anderen durchschneiden. Und ihr versucht besser gar nicht erst zu verduften.»

«Nee, machen wir nich', Chef», sagte Ned.

«Nee, machen wir nich', Chef.» Der Terror riss die Augen auf und schüttelte, den verängstigten Jungen nachäffend, heftig den Kopf. «Natürlich nicht. Aber um ganz sicherzugehen, werde ich meinen Hunden befehlen, ein Auge auf euch zu haben ... Wo ist das andere Gör, Nell, der Junge?»

«Alfie? Der is' in der Küche und schrubbt den Fußboden, Terror. Aber alles in Ordnung, Samson passt auf ihn auf», fügte sie schnell hinzu, als sein Gesicht sich verfinsterte. «Der lässt den Schlingel nich' weg. Sie wissen ja, was das letzte Mal passiert is', als er das versucht hat. Er ...»

«Hör auf zu schnattern, Frau, und wirf das Gör wieder in den Keller. Ich will, dass Samson diese beiden hier bewacht. Er und Delilah werden darauf aufpassen, dass sie keinen Unsinn anstellen, stimmt's, meine Süße?»

Der Hund warf ihm von unten einen anbetenden Blick zu.

«Sind alle Wetten gesetzt, Gentlemen?», rief der Wirt jetzt. «Das is' Ihre letzte Möglichkeit. Bitte platzieren Sie jetzt Ihre Einsätze.»

«Also, Jack, hol die Ratten», wandte sich der Terror

an den alten Mann. «Wir fangen in ein paar Minuten an.»

«Kommt mit, Jungs», sagte der alte Jack und führte Jem und Ned die Treppen hinunter bis zum Ende des dunklen Ganges, wo er einen Schlüssel aus seiner Weste zog und die Tür zum Rattenkeller aufschloss.

Die Jungen wichen entsetzt an die Wand zurück. Obwohl sie an die faulen Gerüche Londons gewöhnt waren, war dieser Gestank, der aus dem langen, niedrigen Keller kam, wie eine Vereinigung sämtlicher Ekel erregender Gerüche auf der Welt.

Ned schlug sich die Hand über den Mund, doch Jem war aus härterem Holz geschnitzt und folgte dem alten Mann in den Keller. Hier stapelten sich rostige Eisenkäfige bis zur Decke, und jeder einzelne war bis zum Rand gefüllt mit einer wirbelnden Masse kleiner Tiere.

«Die wissen, was ihnen gleich blüht», sagte der alte Jack, als das Quieken zu einem ohrenbetäubenden Lärm anschwoll. «Ratten sind sehr schlaue Tiere … umso mehr tut's einem leid. Die haben genauso 'n gutes Hirn wie jeder Hund. Besser, würd ich sagen. Und die haben auch Gefühl. Ich schätze, die fühlen genauso Schmerz wie wir.»

Jem runzelte die Stirn. «Wenn Sie das glauben, wieso erlauben Sie dann, dass die Hunde sie töten?»

Der alte Mann ließ die Schultern sinken. «Ich hab keine große Wahl, oder? Ich bin alt, kann nich' mehr arbeiten – jedenfalls keine ordentliche Arbeit. Ich hab kein Zuhause, keinen Ort, wo ich hingehn könnte – außer ich geh ins Armenhaus.» Er schauderte. «Zumindest hab ich hier 'n Dach überm Kopf und was Essbares im Bauch, solange ich mich für den Terror um die Ratten kümmer ... Komm, Junge», winkte er Ned, der zurückgeblieben war.

«Gibt's hier jede Woche 'n Kampf?», fragte Jem und folgte dem alten Mann die Käfige entlang.

«Jeden Sonntag, ob Regen oder Sonnenschein – aber keiner darf was davon wissen», erklärte er und legte den Finger an die Lippen. «Wenn die Polente vorbeikommt, sagen wir, das is' bloß 'n Treffen von Hundeliebhabern und –»

«Jack!», schrie Nell von der Treppe. «Beeil dich! Der Terror wartet, und er is' nich' in Stimmung für irgend'nen Blödsinn, kann ich dir sagen.»

«Na los, Jungs, tragt die Käfige schnell rauf in die Arena», sagte der alte Mann.

«Wo is'n die Arena, Chef?»

«Genau überm Schankraum. Da is' 'ne geheime Treppe hinter 'nem Wandpaneel. Du brauchst bloß auf den –»

«Jack! Verdammt nochmal!» Nell klang außer sich vor Angst.

«Komme schon, komme schon, meine Hübsche», rief er. «Mach dir keine Sorgen.»

«Ned», flüsterte Jem seinem Bruder ins Ohr. «Das is' unsere Chance.»

«Chance?» Ned runzelte die Stirn.

«Zu verduften.»

«Hast du ’ne Meise? Nell und der Terror sind da oben, und dieser alte Knacker is’ hier unten, ganz zu schweigen von diesen verdammten Hunden», sagte Ned und blickte ängstlich auf Samson und Delilah, die in der Tür saßen und jede Bewegung beobachteten, «wir kommen hier niemals raus – jedenfalls nich’ lebendig.»

«Hör doch mal zu! Ich lenk den alten Jack ab, und wenn er nich’ hinguckt, dann machst du alle Käfige auf, so schnell du kannst, und lässt die Ratten raus.»

«Was?» Ned fühlte, wie sich alle Haare in seinem Nacken aufstellten.

«Das is’ unsere einzige Chance.»

«Aber …»

«Willst du raus hier oder nich’?»

«Aber die Ratten …»

«Entweder die Ratten, oder wir landen mit aufgeschlitzter Kehle aufm Grund vom Fluss.»

«Was plappert ihr beiden da?», fragte der alte Jack und legte die Hand ans Ohr. «Redet lauter, ich kann nich’ mehr so gut hören.»

«Ich hab nur zu Ned gesagt, dass ich gern ’n paar richtig große Ratten nach oben bringen würde», sagte Jem. «Das hier sind alles so kleine», beschwerte er sich und sah in die Käfige, wo die Tiere sich zusammendrängten. «Haben Sie nich’ was Besseres?»

Der alte Mann runzelte die Stirn. «Pass auf, was du sagst», knurrte er. «Das sind gute Ratten.»

«Aber Sie haben doch bestimmt welche mit 'n bisschen mehr Kampfgeist, Chef», beharrte Jem. «Was is' mit denen da in der Ecke?» Und er deutete mit dem Finger ganz hinten in den Raum.

«Ah, ich seh schon, du hast 'n gutes Auge für den Job hier, mein Junge. Die hab ich gestern Abend gefangen. Sehen richtig prächtig aus, was?»

«Ich fass es nich', kucken Sie mal die Zähne von denen», sagte Jem und zog den alten Jack mit sich zu den Käfigen. «Ned! Ned!», zischte er über die Schulter und deutete mit dem Kopf auf die Käfige. «Mach!»

«Was?» Wieder legte der alte Jack seine Hand an sein Ohr.

«Ich hab nur meinem Bruder gesagt, er soll nich' so dicht rankommen», rief Jem. «Er tritt mir ständig in die Hacken.»

Ned schwankte einen Augenblick – aber nur einen Augenblick. Sosehr er die Ratten fürchtete, noch mehr fürchtete er ein nasses Grab. Während der alte Mann mit dem Jungen plauderte, machte er sich hinter dessen Rücken an die Arbeit: Er sprang von Käfig zu Käfig, öffnete die Riegel und warf die Klappen zurück, während die zwei Hunde des Terrors in der Tür saßen und interessiert zusahen.

Innerhalb weniger Minuten hatte Ned Dutzende von Käfigen geöffnet, und die kleinen Tiere ergriffen die Gelegenheit zur Flucht. Sie schwärmten an den Käfigen hinunter, ließen sich auf den Boden fallen und huschten in den Gang und die Treppe hinauf.

Samson und Delilah schnappten nach ihnen und töteten etwa ein Dutzend, doch die anderen liefen ihnen die Beine hinauf und gruben ihre Zähne in die Ohren und Nasen der Hunde. Rasend vor Wut schüttelten die Hunde den Kopf, doch die Ratten klammerten sich an sie und bissen nur noch fester zu. Schon bald erkannten die beiden belagerten Tiere, dass sie in diesem Kampf die Unterlegenen waren. Sie scherten sich nicht weiter um die Treue zu ihrem Herrn, klemmten den Schwanz zwischen die Beine und flohen.

Währenddessen erzählte der alte Jack, der von dem Chaos hinter seinem Rücken noch nichts bemerkt hatte, Jem von der Zeit, als er eine Ratte von der Größe einer Katze durch die Kanalisation gejagt hatte.

«Die hat mich ganz schön in Trab gehalten. Aber schließlich hab ich das kleine Mistvieh doch erwischt», lachte er, während Ned hektisch Käfig für Käfig öffnete und die Ratten auf den Boden kippte.

Hunderte von ihnen waren bereits frei, und sie schwärmten die Treppe hinauf und in den Schankraum. Die Leuten schrien und liefen, stießen gegeneinander und stolperten über Hunde, die sich frei gemacht hatten, wie verrückt bellten und nach allem schnappten, was herumlief.

Mit einem Wutgebrüll sprang der Terror auf und warf den Tisch um, auf dem das Eintrittsgeld zu Türmen gestapelt lag.

«Komm, Ned, es reicht!», rief Jem und lief aus dem Rattenkeller.

«He, wo willst du hin?», rief der alte Jack und drehte sich um. Als er beinahe alle Käfige leer sah, stieß er einen gequälten Schrei aus.

«Meine Babys! Wo sind meine Babys?»

Jem und Ned hasteten durch die schwach beleuchteten Gänge unter dem Pub, zurück zu dem Kellerraum, wo Billy, Pete und Clem eingeschlossen waren. Sie zogen die Riegel zurück und rissen die Tür auf.

«Lauft! Lauft!», schrien sie. «Zack-zack!»

Pete schoss hoch. «Was is' passiert?», fragte er.

«Ihr seid frei!»

«Aber …»

«Komm!» Jem griff Billy am Arm und zerrte ihn die Treppe hinauf.

«Alles in Ordnung, Clem?», fragte Pete und nahm Alfie auf den Arm.

«Klar», grinste sie. «Mir ging's nie besser.»

«Mann!», riefen die Jungen, als sie von der Treppe in den Schankraum kamen. «Was für 'ne Augenweide!»

Und das war es. Der Terror lag auf Händen und Knien und grapschte nach den Münzen, die sich auf dem ganzen Boden verteilt hatten. Nell stand auf einem Stuhl, hielt sich Rock und Unterrock bis zur Hüfte hoch und schrie gellend um Hilfe, während die Ratten ihr die Beine hoch- und runterliefen, und Tom versuchte, ein besonders angriffslustiges Paar abzuschütteln, das sich offenbar in seine Krawatte verliebt hatte und heftig daran nagte. Über all dem Lärm konnte man die erbärmlichen Schreie «Meine Babys! Meine Babys!» des alten Jack hören.

Endlich öffnete jemand die Tür zur Straße, und ein Schwarm von Menschen, Hunden und Ratten strömte hinaus – um von dem entsetzten Kreischen der Passanten empfangen zu werden.

Ein ohrenbetäubendes Geräusch wild geschwungener Klappern war zu hören, und fünf oder sechs stämmige Polizisten kamen in vollem Galopp die Straße heruntergerannt.

«Was um alles in der Welt ist passiert?», rief eine alte Dame, die sich ängstlich in einen Türeingang drückte.

«Schätze, wir haben's hier mit 'nem Hunde-und-Ratten-Kampf zu tun, Missus», antwortete einer der Männer im Vorbeilaufen. «Und so wie's aussieht, haben die Ratten diesmal gewonnen.»

39

Onkel Arthur kam aufgeregt nach Devil's Acre gelaufen. «Ich hab Neuigkeiten!», rief er.

«Ja, wir auch», sagte Pa finster.

«Wir vermissen jetzt auch Jem und Ned», sagte Ma, und ihr Gesicht spiegelte ihr ganzes Elend.

«Was?» Onkel Arthur blieb abrupt stehen. «Erzählt mir nich', dass die auch mitgeschnackt worden sind.»

«Nee», sagte Pa, «das bezweifel ich. Dafür is' Jem zu ausgebufft. Die sind früh am Morgen verduftet, bevor wir aufgewacht sind, und wir haben uns nichts dabei gedacht, manchmal gehn sie schon ganz früh arbeiten, aber als sie abends immer noch nich' wieder da warn, wussten wir, dass sie nach Billy suchen.»

«Das wollte ich dir ja grade erzählen», sagte Onkel Arthur. «Das sind meine guten Neuigkeiten. Dein Billy is' in Walworth gesehn worden. Er is' an dcr Hand von 'nem ſeinen Pinkel gegangen, ganz freundlich ... Was is'n? Ich dachte, du würdest dich freuen.»

«Walworth?», fragte Pa entsetzt.

«Ja, Walworth.»

«Da ... da wohnt doch der Terror», flüsterte Ma mit aschfahlem Gesicht.

«Ja, genau ... Oh.» Jetzt war Onkel Arthur an der Reihe,

entsetzt auszusehen. «Mir is' grade was eingefallen ... Ach, du Himmel! Jem und Ned haben mich nach dem Walworth-Terror gefragt. Ihr glaubt doch nich', dass sie –?»

Pa ließ den Kopf in die Hände sinken. «Das is' alles meine Schuld», stöhnte er. «Gran hat immer wieder gesagt, dass der Terror Billy hat, aber ich hab ihr nich' geglaubt. Ich hab sie bloß ausgelacht. Ich hab gesagt, das wär alles bloß 'ne Menge Quark ...»

«Mach dir keine Vorwürfe, Liebling», sagte Ma und legte eine Hand auf seine Schulter. «Niemand glaubt, was Gran sagt. Sie erfindet doch ständig Sachen.»

«Aber diesmal, nur dieses eine Mal, hatte sie Recht», seufzte Onkel Arthur, ließ sich neben seinen Bruder fallen und vergrub ebenfalls das Gesicht in den Händen. «Der Terror hat Billy – und dann hat er auch Jem und Ned. Tut mir Leid», sagte er, als Ma verzweifelt die Hände rang, «ich hab ihnen gesagt, sie sollen ihm nich' zu nah kommen.»

«Ja, aber du kennst ja Jem», sagte Pa schroff. «Man sagt ihm das eine, und mit Sicherheit macht er genau das andere.»

«Was wirst du denn jetzt machen, Bert?»

«Nach Walworth gehn, natürlich.»

«Was?» Onkel Arthur traute seinen Ohren kaum.

«Es sind meine Kinder, mein Fleisch und Blut», sagte Pa beherzt. «Und wenn der Terror sie in den Fingern hat, dann werd ich sie mir wiederholen.»

«Sei bloß vorsichtig, Bert», sagte Ma besorgt, als ihr

Mann sich die Jacke anzog und den Hut fest auf den kahlen Kopf setzte. «Ich will nich', dass du auch im Fluss endest.»

«Mach dir keine Sorgen, mein Herz», sagte er. «Da braucht's mehr als den Terror, um mich kleinzukriegen.»

«Wie kommst du denn da hin, Bert?», fragte Onkel Arthur.

«Zu Fuß, natürlich.»

«Spinnst du, Walworth is' auf der anderen Seite der Welt.»

«Du warst doch schon mal da, oder?»

«Ja, ich war vor Jahren mal da, um mir 'nen Esel anzukucken. Hat mich Stunden gekostet. Ich dachte schon, die Schuhe fallen mir ab.»

«Dann nehm ich lieber 'nen Omnibus.»

«'nen Omnibus?» Onkel Arthur zog die Augenbrauen hoch. «Das wird nich' billig, Bert.»

«Ich weiß, aber ich muss da zack-zack hin.»

«Hier», Onkel Arthur griff in die Tasche und zog ein paar Münzen hervor. «Nimm das …»

«Nee, is' schon gut, Arthur», sagte Pa und winkte ab. «Ich nehm was von dem Geld, das die Familie mir als Lösegeld für Billy gegeben hat.»

40

«Nich' so schnell!», rief Pete, als er mit Jem und Ned aus dem George & Dragon rannte und immer wieder ängstlich über die Schulter blickte, ob ihnen auch niemand folgte. «Clem kommt nich' mit.» Er senkte die Stimme, damit das Mädchen ihn nicht hören konnte. «Sie hat 'n lahmes Bein.»

«Ned», sagte Jem, als sie zu laufen aufhörten, «wo is' Billy?»

«Ich hab gedacht, er is' bei dir.»

«Nee, er hat meine Hand losgelassen. Ich hab gedacht, du hättest ihn … Oh, verdammt!», rief Jem verzweifelt aus. «Sag nich', dass er schon wieder weg is', wo wir ihn grade gefunden haben.»

«Er muss immer noch im George & Dragon sein.»

«Dann muss ich zurück und ihn holen», sagte Jem schweren Herzens.

«Ich geh mit.»

«Nee, du bleibst hier. Wenn uns die Polente fängt, legen die uns allen Handschellen an und karren uns ins Gefängnis. Wär dumm, wenn wir beide sitzen müssen.»

«Aber wieso sollen die uns einlochen?», protestierte Ned. «Wir haben doch nichts gemacht?»

«Das is' egal», sagte Pete. «Jem hat Recht, die werden

dich auf jeden Fall einlochen, bloß weil du für den Terror gearbeitet hast.»

«Ihr wartet hier auf mich», sage Jem und wandte sich zum Gehen. «Wenn ich nich' in 'ner halben Stunde mit Billy wiederkomme, dann macht ihr die Fliege.»

In seiner Eile, zurück zum George & Dragon zu gelangen, stieß Jem beinahe mit einem Mann auf einer Leiter zusammen, der in leuchtend roten Buchstaben Harris & Sons auf ein Schild über seinem Schaufenster malte.

«Gut, dass ich dich rechtzeitig gesehen habe, mein Junge, sonst hättest du das hier jetzt auf dem Kopf», sagte er und deutete auf seinen Farbtopf.

«Nich' meine Schuld», knurrte Jem. «Sie sollten Ihre blöde Leiter nich' auf die Straße stellen, dass die Leute drüber fallen.» Und er hastete weiter.

Eine große Menschenmenge hatte sich vor dem Pub versammelt, und als Jem näher kam, sah er Nell, den alten Jack, Tom Ramsbottom und den Wirt, die in Handschellen hinten auf einen Wagen geschoben wurden. Lautes Jubeln brach aus, und Rufe wie «In den Fluss mit ihnen!» und «Alle aufhängen!» waren zu hören.

Jem stand auf Zehenspitzen und hoffte, den Terror zu sehen, doch es standen zu viele Menschen um den Wagen, die mit den Fäusten drohten und aufgeregt auf und ab hüpften.

Als die Verbrecher davongekarrt wurden und der Großteil der Menge mit ihnen zog, blieben nur noch wenige Menschen zurück, spähten durch die Fenster des Pubs und lungerten an der Tür herum.

«Gehen Sie bitte weiter, Ladys und Gentlemen», sagte einer der beiden Polizisten, der zur Bewachung des Tatortes abgestellt war. «Gehen Sie weiter, sonst muss ich Sie wegen Herumtreiberei festnehmen.»

«Oh Mann!», stöhnte Jem und spähte um die Ecke. «Wie soll ich Billy da rausholen, wenn die Polente vor der Tür steht?»

Und dann hatte er eine Idee.

·· 41 ··

«Wieso braucht Jem bloß so lange?», fragte Clem zum soundsovielten Mal und blickte besorgt die Straße hinunter. «Jetzt is' schon fast 'ne halbe Stunde rum, seit er weg is'.»

«Er kann Billy vermutlich nich' finden», sagte Pete. «Der Junge versteckt sich vielleicht irgendwo.»

«Oder er is' verhaftet», murmelte Ned.

«Und vielleicht is' Jem auch verhaftet», sagte Pete.

«Nee, sag das nich'», tadelte ihn Clem. «Jem is' 'n schlauer Bursche, der lässt sich nich' so leicht verh… Was is' denn mit denen los?», sagte sie stirnrunzelnd, als ein Dutzend Männer und Frauen am Ende der Straße auftauchten, kreischend wie ein Haufen verängstigter Affen.

«Was is'?», rief Pete, als sie näher kamen.

«Der Terror … is' entkommen … Er is' auf der Flucht», platzte eine Frau heraus und zog sich den Schal fester um die Schultern, als könne sie sich damit schützen. «Sie haben alle andern geschnappt und ins Gefängnis gebracht, aber der is' entwischt.»

«Ich hab gehört, dass 'n paar Kinder alle Ratten befreit haben», sagte ein Mann. «Ich möcht nich' in deren Haut stecken, das sag ich euch.» Er schauderte. «Der Terror wird sie suchen. Und wenn er sie findet …» Er eilte weiter und ließ die Drohung in der Luft hängen.

Ned wurde kreidebleich. «Oh Himmel», murmelte er und blickte sich nervös um, als erwarte er, dass der Terror sich jeden Augenblick auf ihn stürzte. «Oh Mann.»

«Jem …», flüsterte Clem. «Jem is' ganz allein.»

«Ich geh hin», sagte Ned. «Ich …»

«Nee.» Pete schob ihn zurück. «Ich gehe. Der Terror sucht nich' nach mir, weil er mich nie gesehn hat. Du bleibst hier und passt auf Clem und Alfie auf.» Und bevor Ned protestieren konnte, war Pete verschwunden. Er lief wie der Wind, um Jem zu warnen, in welch großer Gefahr er schwebte.

·· 42 ··

«Ach, du bist es wieder, hm?», sagte der Mann, der das Schild über seinem Schaufenster malte. «Verzieh dich bloß!»

«Schon gut, jetzt werden Sie nich' gleich pampig», sagte Jem. «Ich bin bloß zurückgekommen, um Ihnen zu helfen.»

«Ich brauch keine Hilfe, vielen Dank. Ich schaffe das sehr gut allein.»

«Ich wollte Ihnen bloß sagen, dass das für mich irgendwie nich' richtig aussieht», sagte Jem und betrachtete das Schild mit kritischem Blick. «Das Wort da», er zeigte mit dem Finger in die Höhe, «is' schief.»

Der Mann lehnte sich zurück und besah das Schild mit zusammengekniffenen Augen. «Für mich sieht das ganz grade aus.»

«Nee, das geht am Schluss irgendwie hoch. Von hier unten sehn Sie's besser.»

«Na gut.» Mit einem Seufzer kletterte der Mann die Leiter herunter.

«Hier, ich helf Ihnen», sagte Jem eilfertig. Er griff hinauf, packte den Farbtopf und kippte ihn um. Ein Schwall roter Farbe kippte über seinen Schlapphut und tropfte auf Jacke und Hose.

«Jetzt sieh doch, was du angerichtet hast!», rief der Mann wütend.

«Wer, ich? Was *Sie* angerichtet haben, meinen Sie wohl. Ich hab bloß versucht zu helfen, und Sie kippen diesen verdammten Topf über mir aus. Sehn Sie sich mal meine Klamotten an – die sind ruiniert.»

«Ruiniert?», höhnte der Mann. «Wie soll man einen Haufen schmutziger alter Lumpen ruinieren, die nur noch mit Schnüren zusammengehalten werden?»

«Das sind meine besten Klamotten», rief Jem beleidigt. «Ich finde, Sie sollten mir ein oder zwei Shilling für neue geben.»

«Zieh Leine!», rief der Mann und drohte ihm mit dem leeren Farbtopf. «Zieh Leine, sonst …!»

Jem rannte los. Beim Laufen beschmierte er die Hände mit der roten Farbe und wischte sich diese über Gesicht und Hals. Als er sich dem George & Dragon näherte, fing er an mit den Armen zu wedeln und so laut er konnte zu schreien: «Hilfe! Hilfe! Mord! Mord!»

«Was ist passiert?», riefen die Polizisten.

«Mein Pa, mein Pa … er is' vor Wut durchgedreht … er hat 'ne große Axt … hat meine Ma und alle meine Geschwister in kleine Stücke gehaun. Mich wollte er auch kaltmachen.» Jem breitete die Arme aus, um ihnen seine blutroten Kleider zu zeigen. «Wenn Sie ihn nich' aufhalten, dann erschlägt er auch noch meine armen Großeltern … Und die Nachbarn», fügte er sicherheitshalber hinzu.

«Wo wohnst du?»

«Das Haus genau hinter dem Milchladen. Sie können's nich' verpassen. Das Blut tropft schon von den Wänden, literweise.»

«Du bleibst hier, Junge. Hier bist du sicherer.»

Und mit gezückten Stöcken und geschwungenen Klappern eilten die beiden Polizisten davon.

·· 43 ··

Pa stieg in Walworth aus dem Bus und fragte einen Mann, der Aale in Aspik von einem Handkarren verkaufte, nach dem Weg zum George & Dragon.

«Gehn Sie diese Straße runter, an der Brauerei vorbei, die Hangman's Lane runter, dann die Dritte rechts, und Sie sehn ihn direkt vor sich», antwortete der Mann. «Und die Dritte *rechts* – nich' links.»

«Ich bin ja nich' bescheuert», sagte Pa verärgert. «Ich kann ja wohl noch rechts von links unterscheiden.» Und er marschierte die Straße hinunter, an der Brauerei vorbei, die Hangman's Lane hinunter und dann die Dritte links.

«Oh, Mist», stöhnte er. «Ich hab mich verlaufen. Dieser Mistkerl hat mir die falsche Richtung gesagt. He, Missus», rief er einer Frau zu, die auf den Knien ihre Türschwelle schrubbte. «Wissen Sie, wo der George & Dragon is'?»

«Seh ich aus wie 'n Straßenschild?», rief sie zurück.

«Was soll'n das heißen?»

«Hier scheinen alle zu glauben, dass ich nichts Besseres zu tun hab, als jedem zu sagen, wie man zum George & Dragon kommt», zischte sie, nahm ihren Eimer und leerte den Inhalt in die Gosse aus, wobei sie Pas Hose nur knapp verfehlte. «Gehn Sie zurück zur Hauptstraße, und dann stehn Sie genau davor.»

«Da wohnt doch der Terror, oder?»

Der Frau blickte ihn befremdet an. «Da *hat* er gewohnt.»

«Und wo is' er jetzt?»

«Das fragen Sie am besten den Teufel», sagte sie. Und sie nahm ihren Eimer, ging ins Haus und schloss die Tür.

Pa murmelte etwas über die Unfreundlichkeit der Leute in Walworth und wollte gerade weitergehen, als ein Junge um die Ecke geschossen kam und ihn umwarf.

«'tschuldigung, Chef!», rief er, als Pa mit lautem Krachen auf dem Hinterteil landete.

«He, du!», brüllte Pa und kam mühsam auf die Beine. «Komm zurück, du Satansbraten. Ich hab gesagt, komm zurück ...!»

Doch Pete war schon auf und davon.

44

Sobald die beiden Polizisten verschwunden waren, lief Jem in den George & Dragon und schrie: «Billy! Billy!»

«Ich bin hier drüben, Jem», kam die kleinlaute Antwort.

«Wo?» Jem blickte sich wild um. Er fürchtete, die Polizisten könnten jeden Augenblick zurückkommen. «Wo bist du?»

«Hier.» Eine kleine Hand tauchte über dem Tresen auf und winkte ihm zu.

Billy saß mit gekreuzten Beinen auf dem Boden und hielt ein halb aufgegessenes, knuspriges Brötchen in der Hand. «Hallo, Jem», grinste er mit vollen Backen. «Hast du 'n Unfall gehabt oder so was? Du hast überall Blut. Hier», er brach ein Stück Brötchen ab und bot es seinem Bruder an, «das kannst du haben, wenn du willst. Ich hab schon drei gegessen. Und ich hab 'ne Schweinepastete, sieht richtig gut aus. Ein Stück fehlt, weil ein Hund da reingebissen hat – kuck, hier kann man die Abdrücke von seinen Zähnen sehn – aber da is' noch 'ne Menge übrig», sagte er und wischte mit dem Ärmel über die Kruste. «Willst du 'n Stück?»

«Du kleiner ...! Du bist doch wohl nich' zurückgeblieben, weil du dir den Bauch mit Brot und Schweinepastete voll stopfen wolltest?», zischte Jem wütend.

«Nee, ich hab auch 'ne Menge Käse gegessen», grinste Billy, sehr zufrieden mit sich, «und 'n Glas mit eingelegten Zwiebeln und –»

«Und hoffentlich wird dir übel. Komm jetzt.» Jem zog Billy auf die Beine. «Ich hab grad keine Zeit, dir den Hintern zu versohlen, aber das mach ich noch, sobald wir – Was war denn das?»

Er unterbrach sich und lauschte angestrengt.

«Was?» Billy hörten einen Augenblick zu essen auf.

«Ich dachte, ich hätte was gehört.»

«Bestimmt 'ne Ratte. 'n paar von denen sind immer noch hier. Eine hat versucht, mir den Käse zu klaun. Ich hab ihr eins auf die Nase gegeben und sie –»

«Nee, das war keine Ratte. Das war mehr wie … Verdammt!», keuchte Jem. «Was is' das?»

«Hört sich an wie einer, der da unten rumgeht», flüsterte Billy und deutete auf die Treppe, die nach unten in den Keller führte.

Das Geräusch verstärkte sich mit jedem Schritt, bis schließlich unten ein Krachen erklang, als wäre die Person, wenn es denn eine war, mit einem Satz gelandet.

«Glaubst du, das is' Polente?», sagte Billy mit vor Schreck erhobener Stimme.

«Psst!» Jem schlug dem kleinen Jungen die Hand vor den Mund. «Komm mir nach – und sag nichts, mach keinen Mucks, Billy, sonst köpf ich dich.»

Leise krochen die beiden Jungen hinter dem Tresen

hervor und blickten sich ängstlich im Raum um. Etwa ein Dutzend Ratten huschten über den Boden, hielten nur hier und da inne, um die Essensreste zu fressen, die die Leute bei ihrer Flucht fallen gelassen hatten.

«Bleib hier», flüsterte Jem in Billys Ohr und kroch langsam zur Kellertreppe.

«Oh, alles klar», sagte er, und die Erleichterung ergoss sich über ihn wie ein warmer Wasserfall, «das war nur 'n Bierfass.»

«Vielleicht hat 'ne Ratte das geschoben», sagte Billy und lief zu ihm.

«'ne Ratte könnte kein Fass von der Größe schieben», sagte Jem stirnrunzelnd, und seine Erleichterung verwandelte sich erneut in Anspannung. «Dazu wären fünfzig nötig, oder hundert ...»

«Der war's», sagte Billy und deutete auf den Terrier, der unten an der Treppe auftauchte und sie nervös ansah.

Wieder strömte Erleichterung durch Jem. «Komm, lass uns von hier abhaun», sagte er und lief zur Tür. «Ned wartet auf uns bei ... Hey, was is'n jetzt los?», sagte er und zerrte am Türgriff. «Wieso geht dieses Mistding nich' auf?»

«Darum», sagte Billy und deutete auf den Riegel am Boden.

«Aber ich hab sie nich' verriegelt», sagte Jem und starrte die Tür verwirrt an.

«Musst du aber», sagte Billy, bückte sich und zog den Riegel zurück.

«Ich hab's nich' gemacht, sag ich doch.»

«Jetzt mach die Tür auf, Jem, los!», bat der kleine Junge und versuchte, den Griff zu erreichen.

«Ich kann nich'. Sie is' abgeschlossen.»

«Wieso hast du sie abgeschlossen?»

«Ich hab's nich' gemacht!», schrie Jem frustriert. «Ich hab dir doch gesagt, ich hab sie nich' verriegelt und nich' abgeschlossen. Jemand anders muss das – Oh Gott!» Sein Puls begann zu rasen, als er erkannte, was er da gesagt hatte. «Jetzt hör mir mal genau zu, Billy.» Er beugte sich vor und flüsterte dem kleinen Jungen ins Ohr: «Wie viele Leute hat die Polente eingesackt?»

«Weiß nich», sagte Billy schulterzuckend.

«Doch, denk nach!», beharrte Jem und schüttelte ihn grob. «Wie viele?»

Billy hielt zögernd vier Finger hoch.

«Wer war das?»

«Weiß ich nich' …»

«Sag das nich' immer!»

«Da war diese Frau …»

«Nell.» Jem nickte. «Wer noch?»

«Und 'n alter Knacker, der aussieht wie Gran, bloß schlimmer.»

«Das war bestimmt der alte Jack.»

«Und dann Tom Ramsbum. Er hat mir Eier mit Schinken versprochen, ehrlich. Und 'ne Schweinepastete und Räucherfisch und Nieren und –»

«Halt die Klappe!», zischte Jem. «Wen hat die Polente noch eingesackt? Wer war der Letzte?»

«Ein Mann.»

«Wie sah der aus?», fragte Jem eifrig. «War sein Mund so zur Seite verzogen, so?» Und er machte eine Grimasse. «Hatte er 'n Paar rote Löcher, wo seine Nase sein soll? Hat er –»

«Nee, seine Nase war so groß wie 'ne Rübe, und sein Bauch …» Billy reckte die Arme so weit er konnte nach vorn, um den Umfang zu zeigen.

«Das war der Wirt», murmelte Jem. «Das heißt, sie haben den Terror nich' erwischt. Er is' immer noch … irgendwo.»

«Glaubst du, der is' hier, Jem? Glaubst du, er is' immer noch hier im Pub?»

«Nee», sagte Jem ohne Überzeugung.

«Doch, oder?», fragte Billy kleinlaut.

«Keine Angst, der kriegt uns nich'. Wir verstecken uns. Außerdem steht draußen Polente …» Doch mit sinkendem Herzen erinnerte sich Jem daran, dass er die beiden Polizisten auf eine sinnlose Suche geschickt hatte. «Die kommen gleich wieder, und dann …»

« … ist es zu spät», sagte jemand hinter ihm mit näselnder, pfeifender Stimme.

Jem wirbelte herum. Der Terror stand mitten im Zimmer, hatte die Hände in die Seiten gestemmt und starrte sie mit funkelnden Augen an.

«Jem, stimmt's? Und du musst Billy sein», sagte er, als die zwei Jungen vor ihm zurückwichen und sich dabei aneinander klammerten. «Ich habe ein gutes Gedächtnis, nicht wahr? Ich vergesse nichts. Oh nein, ich nicht. Ich vergesse nicht, dass du all meine Ratten rausgelassen hast. Ich vergesse auch nicht, dass die Polente deinetwegen meine Freunde eingelocht hat und mich auch beinahe, wenn ich mich nicht versteckt hätte.» Er deutete auf die Paneele an der Wand, hinter der die Geheimtreppe zur Arena lag.

«Ich … ich …», begann Jem, aber er hatte solche Angst, dass ihm die Zunge am Gaumen festklebte und er kaum sprechen konnte.

«Weißt du, was sie mit mir gemacht hätten», fragte der Terror. «Sie hätten mich aufgehängt. Das würde dir wohl gefallen, wie?» Seine Stimme senkte sich zu einem heiseren Flüstern. «Du würdest mich gern hängen sehen, wie, Jem?»

«N… n… nee.»

«Das ist aber nett. Sehr nett von dir, sehr höflich.» Der Terror grinste. «Leider muss ich dir sagen, dass es mir mit dir ganz anders geht, Jem», sagte er mit gespielter Trauer. «Um dir die Wahrheit zu sagen, ich möchte dich und deinen verdammten Bruder gern hängen sehen. Ich kann es kaum abwarten. Darum habe ich das hier mitgebracht.» Und er zog ein Seil aus seiner Tasche und ließ es vor den Jungen hin und her baumeln. «Genau richtig, nicht wahr?

Das wird sehr hübsch um eure Hälse passen, richtig gemütlich, wie?»

«Aber ... wir haben doch nichts gemacht. Wir –»

«Nichts?», brüllte der Terror. «Mein Leben zu ruinieren, das nennst du nichts? Siehst du das?» Er deutete auf einen Holzbalken, der von einer Wand zur anderen reichte. «Daran werde ich euch beide aufhängen.»

Billy vergrub den Kopf in Jems Mantel und wimmerte.

«Das wird kein schneller Tod», sagte der Terror hämisch. «Ich will, dass ihr in Ruhe über all die Schwierigkeiten nachdenken könnt, die ihr mir gemacht habt. Ich will, dass ihr viel Zeit dafür habt», kicherte er und genoss den Ausdruck auf den Gesichtern der Jungen. «Also, wer von euch will zuerst drankommen? Kein Freiwilliger? Gut, lasst uns mit dem Kleinen anfangen, ja? Wir werden uns ein bisschen amüsieren, wenn er am Ende vom Seil herumtanzt, was, Jem?»

Billy brach in Tränen aus. «Lass ihn nich', Jem», schluchzte er. «Lass ihn das nich' tun.»

«Lassen Sie ihn gehn, Mister. Bitte», bat Jem. «Er is' doch bloß –»

«Ihn gehen lassen?», höhnte der Terror. *«Ihn gehen lassen?* Nach all der Mühe, die ich mir gemacht –» Er unterbrach sich, und sein Blick schoss nervös zur Tür, als jemand dagegen trommelte.

Jems Herz machte einen Satz – die Polizisten waren zurück! Doch im nächsten Moment verzweifelte er erneut, als eine bekannte Stimme rief: «Jem! Bist du da drin?»

«Wer ist das?», zischte der Terror und versteckte sich hinter der Tür.

«P… Pete», flüsterte Jem.

«Und wer ist *P… Pete?*», äffte ihn der Terror nach.

«Der Junge, der mit uns da … da unten war.»

«Oh, einer von diesen nutzlosen Bengeln.»

«Jem! Jem, lass mich rein, zack-zack!», rief Pete.

«Na gut, lass ihn rein, bevor er die verdammte Tür einschlägt», knurrte der Terror und warf Jem den Schlüssel zu. «Aber mach keine Dummheiten, sonst …» Und er packte Billy und setzte ihm ein Messer an die Kehle.

Jem steckte den Schlüssel mit zitternden Händen ins Schloss. Dies war seine Chance, vielleicht die einzige Chance, sich und seinen Bruder zu retten. Wenn er Pete mit einem Blick, einer Bewegung warnen könnte – doch er hatte kaum die Tür geöffnet, da platzte Pete schon in den Raum und schrie: «Der Terror! Jem, sie haben den Terror nich' gekriegt. Er is' geflohn. Er is' –»

«… genau hier und wartet nur auf dich», kicherte der Terror und trat die Tür zu.

«Oh, verdammt!», keuchte Pete mit aschfahlem Gesicht.

«Freust du dich nicht, mich zu sehen? Das ist aber schade.» Der Terror kicherte wieder. «Denn ich freue mich sehr, dich zu sehen. Schließ die Tür ab und gib mir den Schlüssel», sagte er zu Jem.

Jem tat wie befohlen, doch als der Terror die Hand nach dem Schlüssel ausstreckte, tat Jem so, als könne er ihn nicht mehr richtig halten, und ließ den Schlüssel fallen.

«Heb ihn auf, du ungeschickter Idiot!», schrie der Mann, dessen Stimmung sich in Sekundenbruchteilen in rasende Wut verwandelte, und als Jem sich vornüberbeugte, verpasste er ihm eine heftige Ohrfeige.

Pete ergriff die Gelegenheit und stürzte sich auf den Terror, doch der Mann war zu schnell für ihn. Er hielt Billy weiter fest und schleuderte Pete mit solcher Macht gegen die Wand, dass dieser bewusstlos zu Boden sank.

«Gut, jetzt haben wir genug Spielchen gespielt», sagte der Terror. «Steigt da rauf.» Er deutete auf einen der wenigen Tische, die noch stehen geblieben waren. «Los, ihr beiden, rauf da!»

Jems Herz klopfte so laut, dass er meinte, es müsse ihm durch die Rippen springen, doch er kletterte auf den Tisch und zog Billy mit sich hinauf.

«Chef, bitte …», bat er.

«Halt die Klappe!», schnarrte der Terror und warf ihm das Seil zu. «Leg ihm das um den Hals.»

«Ich kann nich'! Ich kann nich'!»

«Also, du hast die Wahl, Junge», näselte der Terror. «Du kannst ihm das Seil um den Hals legen und ihn aufhängen, oder» – er liebkoste sein Messer –, «oder ich zerschnippel ihn sehr langsam, angefangen mit seinen Zehen, bis ich raufkomme zu seiner –»

«Nein!», kreischte Billy.

«Also, wie hättest du's gern?» Der Terror funkelte Jem an.

Petes Augen öffneten sich, schlossen sich wieder und flatterten erneut. Einen Augenblick wusste er nicht, wo er war. Er wusste nur, dass sich sein Kopf anfühlte, als hätte man ihn mehrere Male die Straße rauf- und runtergerollt. Blut tropfte aus seiner Nase. Er setzte sich blinzelnd auf. Dann sah er Jem, der ihn über die Schulter des Terrors mit vor Angst weit aufgerissenen Augen anstarrte.

Pete warf einen Blick zur Tür – wenn er sie bloß öffnen könnte, wenn er bloß hinauskönnte und ... Sein Herz machte einen großen Satz. Der Schlüssel lag immer noch auf dem Boden, wo Jem ihn hatte fallen lassen. Er nickte Jem warnend zu, legte sich auf den Bauch und rutschte langsam zum Schlüssel, wobei er kaum zu atmen wagte.

Der Terror wandte sich halb um, als hätte er gespürt, dass sich der Junge hinter ihm bewegte, doch um ihn abzulenken, gab Jem Billy einen heftigen Stoß, der ihn vom Tisch beförderte. «Lauf, Billy!», schrie er. «Lauf!»

«Der rennt nirgendwohin», knurrte der Terror und griff nach Billy.

Pete hatte den Schlüssel fast erreicht.

Billy wand sich und griff den Terror mit Fäusten und Füßen an, doch der Mann schüttelte ihn, bis seine Zähne klapperten, und schleuderte ihn dann wieder auf den Tisch.

Pete streckte die Hand aus und schloss die Finger um den Schlüssel.

«Leg ihm das Seil um den Hals! JETZT!», brüllte der Terror Jem an.

Pete stand auf und steckte den Schlüssel ins Schloss.

«Und jetzt binde es um den Balken … Nicht um den, du Trottel. Den über deinem Kopf.»

Pete drehte den Schlüssel im Schloss und wollte gerade die Tür öffnen, als ein Mann hereinplatzte und ihn umschubste.

«Pa!», schrie Jem.

Sein Vater begriff die Situation mit einem Blick, und brüllend vor Wut stürzte er sich auf den Terror. Einen Augenblick war der Mann überrascht, doch er hatte sich schnell wieder unter Kontrolle, zog sein Messer und zischte: «Kommen Sie nicht näher, sonst … Aaaargh!» Er taumelte zurück, als Jems Stiefel gegen seinen Kopf traf.

«So isses richtig, Jem!», rief Pa, und er rammte seine riesige Faust in das Gesicht des Mannes und beförderte ihn damit über den Tresen, wo der Terror mit einem weiteren ‹Aaaargh!› landete und verstummte.

«Billy!» Pas Augen leuchteten auf, als der kleine Junge sich in seine Arme warf. «Mannomann, wie wird deine Ma sich freun, dich zu sehn, Junge. Und ich erst – auch wenn ich dir den Hintern versohlen möchte für all den Kummer, den du uns gemacht hast, wirklich … Gute Arbeit, Jem», sagte er und legte Jem den Arm um die Schultern.

«Wir sind 'n gutes Team, wir beide. Wir – Oh, Verdammnis», stöhnte er, als zwei Polizisten mit wirbelnden Klappern in den Schankraum stürzten, «jetzt sind wir dran.»

·· 45 ··

«Was solln wir jetzt machen?», fragte Ned unglücklich. «Pete is' schon Ewigkeiten weg.»

«Abhaun, wie Jem gesagt hat.»

«Aber wir können ihn und Billy und Pete nich' einfach allein lassen.»

«Das hab ich ja auch nich' gesagt», gab Clem heftig zurück. «Ich wollte sagen, wir gehn nach Hause und holen Hilfe und kommen zurück und – He, da kommt 'n Polizeiwagen. Der fährt ja wie verrückt.»

«Und der Terror sitzt drin!», schrie Ned, als er in dem vorbeirasenden Wagen einen Blick auf das schreckliche Gesicht des Mannes erhaschte.

«Sie haben ihn! Sie haben ihn! Und – herrje, die haben auch meinen Pa. Und meine Brüder.»

«Und sie haben Pete», sagte Clem, und ihre Augen füllten sich mit Tränen. «Die Polente hat alle eingesackt.»

·· 46 ··

Billy schlief tief und fest, doch Jem und Pete verbrachten eine schreckliche Nacht in der Polizeizelle, was vor allem daran lag, dass Pa ohne Pause über die Ungerechtigkeit der ganzen Angelegenheit klagte.

«Wir haben nichts Unrechtes getan, nee, gar nichts, aber das is' denen doch egal. Die sind doch immer gegen solche wie uns, ob wir nun was Schlimmes angestellt haben oder nich'. Wenn wir feine Pinkel wärn ... ah, das wär was anderes. Dann hieße es ‹'tschuldigung, Eure Lordschaft, unser Fehler, Eure Lordschaft, wir würden Sie nie beschuldigen, Eure Lordschaft, bloß weil Sie Ihre Frau und Kinder um die Ecke gebracht haben und Ihre Nachbarn beklaun›. Aber auf dem einfachen Arbeiter, da trampeln sie rum. Der hat keine Rechte, der kriegt keinen Respekt und keine Gerechtigkeit. Seht mich an, ich bin so unschuldig wie 'n neugebornes Baby, aber die stecken mich trotzdem ins Loch, ihr werdet's sehn. Oh ja, die stecken mich 'n paar Jahre hinter Gitter. Und wofür? Ich frag euch, wo ...?»

«Pa», murmelte Jem.

«Was is', Junge?»

«Halt endlich die Klappe, ja? Ich versuch zu schlafen.»

·· 47 ··

Am folgenden Morgen wurden Pa und die Jungen vor den Friedensrichter geführt – einen strengen Mann, der sie über seine metallumrandete Brille hinweg betrachtete.

«Wie lautet die Anklage?», fragte er.

«Euer Ehren, dies sind alles Komplizen des Jim Rippen», sagte der Gerichtsdiener. «Sie wurden am Tatort auf frischer Tat ertappt, als –»

«Das is' 'ne dreckige Lüge!», rief Pa. «Ich bin kein Komplize. Ich bin bloß in'n George & Dragon rein, um meine Kinder rauszuholen, weil der Terror –»

«Halten Sie den Mund!», beschimpfte ihn der Gerichtsdiener. «Und reden Sie Seine Ehren mit ‹Euer Ehren› an. Oder sprechen Sie ihn lieber gar nicht an.»

«Aber ich bin unschuldig, Sie vertrottelter Idiot! Und meine Kinder auch. Der Terror hat sie mitgeschnackt und –»

«Mr Perkins …», unterbrach ihn der Friedensrichter.

«Perkins*ki*», sagte Pa.

«Mr Perkinski, ich schlage vor, dass Sie sich beruhigen und dem Gericht erzählen, was vorgefallen ist – ohne Kraftausdrücke», sagte er streng.

«Ohne was?», fragte Pa.

«Schimpfwörter», erklärte der Gerichtsdiener.

«Oh, na gut. Also, es war so, Chef – Euer Ehren …» Pa holte tief Luft und erzählte, was geschehen war. «Und dann hat Jem dem Terror 'n Treffer ins Oberstübchen gegeben», schloss er, «und ich ihm 'n ordentlichen rechten Schwinger in seine Visage.»

«Was haben Sie ihm gegeben?» Der Friedensrichter beugte sich stirnrunzelnd zum Gerichtsdiener vor.

«Einen Tritt gegen den Kopf und einen Faustschlag ins Gesicht, Euer Ehren.»

«Ich verstehe. Und ich nehme an, dass der Mann in Folge Ihres ‹rechten Schwingers› gänzlich unschädlich gemacht wurde, Mr Perkinski?»

«Ganz was?»

«Er ging k.o.», sagte der Gerichtsdiener.

«Oh ja, so war's, Euer Ehren. Ging aus wie 'ne Lampe.»

«Was wiederum zu seiner Verhaftung führte?», fragte der Friedensrichter.

«Seiner was?», sagte Pa.

«Er wurde eingelocht», sagte der Gerichtsdiener.

«Was is' los mit dem Kadi?», zischte Pa ihm zu. «Spricht der 'ne fremde Sprache?»

«Seine Ehren spricht klar und verständlich, Mr Perkinski. Sie sind es, der –»

«Ja, ja, das ist jetzt unwichtig», sagte der Friedensrichter. «Wie hoch ist die Belohnung für die Verhaftung dieses Kriminellen?»

«He, ich bin nich' kriminell!», protestierte Pa.

«Ich bezog mich auf Jim Rippen, Mr Perkinski.»

«Auf wen?»

«Den Terror», sagte der Friedensrichter.

«Oh, gut», sagte Pa.

«Es gibt keine Belohnung, Euer Ehren», sagte der Gerichtsdiener mit ratlosem Gesichtsausdruck, «da die Beschuldigten bereits festgenommen wurden.»

«Tss, tss, Mann», sagte der Friedensrichter gereizt. «Ich meine, wie hoch wäre die Belohnung gewesen, wenn die Beschuldigten noch nicht festgenommen worden wären?»

«Fünf Guinees, Euer Ehren.»

«Hmm ...» Der Friedensrichter strich sich nachdenklich über das Kinn. «Nun, im Hinblick auf die traurige Berühmtheit dieses gefährlichen Kriminellen und den Mut von Mr Perkinski und seinen Söhnen bei der Mithilfe zu dessen Festnahme ...»

«Und ich?», unterbrach Pete. «Ich hab die Tür aufgemacht, damit dieser alte Kauz reinkommen konnte.»

«He, wen nennst du 'nen alten Kauz?», rief Pa.

«Ruhe im Saal!», schrie der Gerichtsdiener, als Pa und Pete aufeinander losgehen wollten.

«Im Hinblick auf den Mut *aller* Beteiligten», fuhr der Friedensrichter fort, «gewähre ich Ihnen fünf Guinees.»

«Fünf Guinees?», rief Pa aus.

«Ebendies, Mr Perkinski.»

«Fünf Guinees ...» Pa schüttelte den Kopf, als könne er es nicht glauben. «Also, Euer Ehren, ich hab's schon immer gesagt und ich sag's nochmal, unser Rechtssystem ist das beste in der ganzen Welt. Egal, ob man 'n feiner Pinkel is' oder 'n Arbeiter, reich oder arm», deklamierte er und unterstrich jedes Wort mit einem Nicken, «in diesem unserm wunderbaren Land werden alle gleich behandelt, fair und gerecht. Man kriegt seine Rechte, man kriegt Respekt, man kriegt Gerechtigkeit, man kriegt –»

«Ja, ja, danke, Mr Perkinski», sagte der Friedensrichter mit verzerrter Miene. «Führen Sie sie hinaus», murmelte er dem Gerichtsdiener zu, «aber zack-zack!»

·· 48 ··

Mr Bullock, Clem, Alfie und Ned warteten vor dem Gericht, als Pa mit den Jungen herauskam. Sie grinsten alle und schlugen sich gegenseitig auf den Rücken.

«Pete!», rief Clem und warf die Arme um seinen Hals.

«Wir haben's geschafft, Clem», sagte er und schwang sie herum. «Wir sind frei!»

«Mit denen hättet ihr euch gar nich' erst einlassen sollen», zischte Mr Bullock und deutete mit dem Kopf auf Pa und seine Söhne.

«Ach ja?» Pa hatte Mühe, sich im Zaum zu halten. «Und wer sind Sie?»

«Mein Name is' Bullock. George für meine Freunde, für Sie Mister. Schornsteinfeger für die Herrschaften.»

«Sie sind also der Schurke, der meinen Sohn mitgeschnackt hat?», knurrte Pa und ballte die Fäuste.

«Mitgeschnackt?», rief Mr Bullock.

«Mitgeschnackt!», brüllte Pa mit rotem Gesicht.

«Ich soll ihn mitgeschnackt haben? Na, das is' ja toll. Ich finde dieses arme kleine Kind, das im Nebel rumläuft und flennt, weil es sich verlaufen hat und …»

«Stimmt das, Jem?», wandte Pa sich an seinen Sohn.

«Na ja, Pa, ich hab dir doch erzählt, dass Billy so getrödelt hat und …»

«Wie zum Henker soll er was davon wissen?», bellte Mr Bullock. «Er hat ihn doch schließlich verloren. Hätte mal auf seinen Bruder aufpassen sollen, anstatt einfach weiterzugehen und ihn allein zu lassen, bis ich ihn finde. Und was hab ich gemacht?», schrie er Jems Protestversuche nieder. «Hab ich das arme kleine Ding im Nebel stehen lassen, frierend und hungrig und flennend? Das hätte ich mal tun sollen, jetzt weiß ich's besser, hätt' ich's mal gemacht», sagte er verärgert, «anstatt ihn mit in mein Haus zu nehmen und ihm 'n schönes warmes Bett zum Schlafen zu geben und massenweise warmes, nahrhaftes Essen und Arbeit, damit er lernt, wie er mal für sich selbst sorgen kann. Nee, du brauchst mir nich' zu danken, Junge», sagte er, als Billy versuchte, ihn zu unterbrechen. «Das hätt' ich für jedes andre arme Kind auch gemacht. So bin ich eben.»

«Na», sagte Pa und sah sehr verwirrt aus, «ich wusste ja nich' …»

«Nee, das wussten Sie nich'», zischte Mr Bullock. «Aber ich nehme Ihre Entschuldigung an und Petes Anteil von der Belohnung.»

«Belohnung?»

«Was der Kadi Ihnen für den Terror gegeben hat.»

«Oh … oh, diese Belohnung. Ja, na ja, das war nur 'ne ganz kleine, sehr kleine, nur 'n paar Pennys, glaub ich.»

«Fünf.»

«Fünf, genau.»

«Guinees.» Mr Bullock hielt ihm die Hand hin.

Pa nahm sie und schüttelte sie.

«Ich will Petes Anteil», zischte Mr Bullock und befreite sich aus Pas festem Griff.

«Oh … ach so», sagte Pa. Und umständlich legte er etwas Geld in die ausgestreckte Hand des Schornsteinfegers.

«Lass uns jetzt nach Hause gehn, Papa», sagte Clem und schob ihren Arm durch den von Pete. «Komm, Alfie.»

«Nee.» Mr Bullock schüttelte den Kopf. «Ich will diesen kleinen Kümmerling nich'. Den kann ich nich' gebrauchen.»

«Aber Papa …»

«Clem, ich kann nich' alle Waisen in London durchfüttern und anziehn.»

«Ich bin keine Waise», protestierte Alfie. «Ich leb bei meinem Vater.»

«Und wo is' das?», fragte Clem.

«Nirgendwo.»

«Was soll das heißen, nirgendwo?»

«Wir haben nie in 'nem ordentlichen Haus gewohnt. Wir wohnen immer in irgendwelchen Pensionen. Aber ich glaub, ich könnte Papa finden, wenn mir jemand hilft», sagte Alfie hoffnungsvoll.

«Was macht er denn?», fragte Pa.

«Er verkauft Kuchen von seinem Bauchladen.»

«Wo?»

«Meistens aufm Trafalgar Square.»

«Aufm Square? Dein Pa is' doch wohl nich' zufällig Nobby Clark, oder?»

«Ja, das isser.» Alfie lief zu Pa hinüber und blickte eifrig zu ihm auf. «Kennen Sie ihn, Mister?»

«Ob ich den kenne?» Pa kicherte. «Das würd ich mal sagen. Wir warn vor Jahren mal zusammen im Knast. Den alten Nobby finden wir in null Komma nix.»

«Können wir jetzt sofort hingehn, Mister? Können wir gehn?»

«Nee, Junge, ich bin zu kaputt. Aber wir gehn morgen früh – und das is 'n Versprechen.»

·· 49 ··

Ma war so überglücklich, Billy wiederzusehen, dass sie in Tränen ausbrach, ihm eine ordentliche Tracht Prügel verpasste, die ihn aufheulen ließ, und ihn dann an sich drückte. «Wie gut, dass ich dich wiederhabe, mein Engel», sagte sie und wiegte ihn in ihren Armen.

«Und wir haben 'ne Belohnung gekriegt, Ma», sagte Jem stolz.

«Vier Guinees», sagte Pa und legte das Geld in ihre Hand.

«Ich werd verrückt», rief sie und starrte die Münzen an. «Noch nie im Leben hab ich so viel Geld gehabt.»

«Was wollen wir damit machen?», fragte Ned.

«Ich will Schweinepastete, ich will Schweinepastete», rief Billy und hopste aufgeregt auf und ab.

«Ich werd nich' einen Penny davon für Blödsinn verschwenden», sagte Ma streng. «Pa braucht 'ne neue Jacke. Du siehst in der Hose unmöglich aus, Jem. Ned könnte 'n neues Hemd gebrauchen. Gran hat mehr Löcher als Leder in ihren Stiefeln. Und was das hier angeht ...» Und sie nahm ihren krempenlosen Hut ab und warf ihn in eine Ecke.

«Aber Schweinepastete is' doch kein Blödsinn», sagte Jem entsetzt. «Das is' Futterage.»

«Bitte, Ma», bat Billy und drohte erneut in Tränen auszubrechen.

«Oh, na gut», gab sie nach. «Aber nur eine.»

«Für jeden», sagte Jem.

Ma wollte schon protestieren, doch Pa unterbrach sie schnell. «Ja, jeder eine.»

«Und ich, Mister?» Alfie zog an seinem Ärmel. «Kann ich auch eine haben?»

«Klar kannst du», lachte Pa. «Los, Jem, ab mit dir zum Laden. Gib ihm das Geld, Ma.»

Zögernd legte Ma einen Shilling in Jems Hand.

«Ach, Junge», sagte sie, als er sich zum Gehen wandte. «Das Wechselgeld will ich wiederhaben.» Sie sah ihn mit zusammengekniffenen Augen an. «Und zwar *alles.*»

Anmerkung der Autorin

James Cannon

Die Figur des «Jim Rippen, des Walworth-Terrors», gründet sich auf James Cannon, den Walworth-Terror, einen Schornsteinfeger, der Mitte des 19. Jahrhunderts lebte und für seine Grausamkeit berüchtigt war. In zehn Jahren wurde er siebzehnmal für Tätlichkeiten verurteilt. Schließlich verhaftete man ihn für den Angriff auf zwei Polizisten, und er bekam zwei Jahre Gefängnis, weil er einen von ihnen verletzt hatte. Doch der Fall wurde an das Old Bailey verwiesen, wo eine Jury ihn des versuchten Mordes an dem anderen Polizisten für schuldig befand. Scine Strafe, Tod durch Erhängen, wurde in Zwangsarbeit umgewandelt, und man schiffte den Walworth-Terror nach Australien ein, wo er seine Tage beenden sollte. Nun, ich nehme an, dass er seine Tage dort beendete. Andererseits könnte er aber auch zurückgeschwommen sein …

Jack Black

Die Figur des «alten Jack» wurde inspiriert durch Jack Black, den Ratten- und Maulwurffänger von Königin Victoria. Er begann seine «Karriere» im Alter von neun Jah-

ren auf der Kuhfarm eines Mr Strickland im Regent's Park, fand jedoch bald heraus, dass mit dem Verkaufen von Ratten für Hunde-und-Ratten-Kämpfe mehr Geld zu machen war. Abgesehen von seinen zahlreichen heftigen Bisswunden, die sich entzündeten und ihn zwei- oder dreimal beinahe töteten, fürchtete sich Jack niemals vor dem Umgang mit Ratten und schien sie ehrlich zu mögen und zu respektieren.

Als er mit dem Fangen von Ratten (sowie praktisch allen anderen Kleintieren, Vögeln und Insekten) aufhörte, kaufte er einen Pub. Mit diesem Geschäft ging er jedoch Bankrott und musste London verlassen. Jack wäre mit dem Walworth-Terror sicherlich besser gefahren.

Jack Sheppard

Auch wenn viele arme Londoner Kinder noch nie von Königin Victoria gehört hatten, wussten sie doch alles über Jack Sheppard, den berüchtigten Dieb, der so oft aus dem Gefängnis geflohen war, dass er Heldenruhm erlangte. Er wurde 1702 in Spitalfields geboren, wuchs im Armenhaus von Bishopsgate auf und machte eine Lehre als Tischler. Nach sechs Jahren warf er die Lehre hin und wandte sich stattdessen dem Diebstahl als Lebensunterhalt zu, wobei er sechsmal gefangen und eingesperrt wurde. Beim fünften Mal kettete man ihn im Gefängnis von Newgate an den

Fußboden an, sicherte seine Beine mit Eisenketten und seine Hände mit Handschellen, doch irgendwie gelang es ihm, die Hände durch die Handschellen zu ziehen, eines der Kettenglieder an seinen Beinen mit einem kleinen Nagel zu lockern und sich durch die großen Ketten um seinen Körper zu winden. Er wurde erneut gefasst und, von einer großen Anzahl von Bewunderern umringt, vor Gericht gebracht, wo man ihn in Tyburn zum Tod durch Erhängen verurteilte.